CÂNDIDO

AVENTURA DOS CLÁSSICOS

VOLTAIRE

CÂNDIDO

OU O OTIMISMO

TEXTO INTEGRAL

Tradução de
MARCOS ARAÚJO BAGNO

Apresentação de
FÁBIO DE SOUZA ANDRADE

NOVA ALEXANDRIA

Título Original: *Candide*

2ª edição – 2011 – Em conformidade com a nova ortografia.

Editora Nova Alexandria
Avenida Dom Pedro I, 840
01552-000
São Paulo - SP
Fone/fax: (11) 2215-6252
E-mail: novaalexandria@novaalexandria.com.br
www.novaalexandria.com.br

Tradução: Marcos Bagno
Revisão: Fernanda Duarte
Capa: Valquiria Santos sobre pintura de Carl Spitzweg (1808-1885)
Editoração eletrônica: Eduardo Seiji Seki

Dados para Catalogação

Voltaire, François Marie Arouet de, 1694 - 1778
Cândido / Voltaire; tradução de Marcos Araújo Bagno - São Paulo : Nova Alexandria, 2011
-(Aventura dos Clássicos)

ISBN 978-85-7492-321-5

1. Romance francês . 2. Sátira francesa. 3. Voltaire.
I. Título II. Série

CDD: 843

Índice sistemático para catalogação

027- Bibliotecas gerais
027.7 - Bibliotecas universitárias
028 - Leitura. Meios de difusão da informação

VOLTAIRE

CÂNDIDO

Apresentação

A literatura foi o meio que François-Marie Arouet (1694 – 1778), aliás Voltaire,encontrou para traduzir, em linguagem mais simples e viva, os grandes temas da filosofia que o interessavam. Nas vidas exemplares de suas personagens, pôde apresentar suas ideias sobre o bem e o mal, Deus ou o lugar do homem no Universo. Assim foi com *Zadig*, *Micrômegas* e com o próprio *Cândido*. Todas as três obras fazem parte de um gênero literário que Voltaire praticou como ninguém: o conto filosófico. Uma combinação de romance de aventuras e divulgação de ideias, representadas pelo comportamento das personagens e pelas suas ações.

Voltaire era um tipo muito particular de escritor e de filósofo, muito sensível às consequências imediatas do que pensava e escrevia. A preocupação didática e reformadora, o espírito crítico agudo e prático levaram-no a cultivar com carinho duas virtudes que já possuía naturalmente: a clareza de estilo e a ferocidade da ironia. Ambas foram essenciais à sua procura pelo reestabelecimento da Razão e do bom senso, contra a crença total nas verdades transmitidas pela tradição. Todo conhecimento e todas as certezas devem ser examinadas com olhar de quem duvida e questionadas pela experiência e pela realidade. O adversário mais constante de Voltaire é o fanatismo e sua encarnação mais evidente da época, a Igreja, o que não impede que sua verve às vezes se volte contra outros alvos. Língua de trapo desde o berço, Voltaire foi obrigado a errar pelo mundo, fugindo das inimizades provocadas por sua franqueza. Filho de um tabelião e homem de negócios da corte, desprezava as origens burguesas e, coberto de ambição e talento, negou-se a prosseguir no seguro caminho aberto pelo pai. O filho-problema estudou humanidades com os jesuítas, aproximou-se dos círculos mundanos e aristocráticos, ensaiou a carreira diplomática, prejudicada pelas obras que escreveu: em suma, preocupou o pai levando uma vida ociosa.

O sucesso chegou pela escrita. Mas se as peças teatrais e a epopeia *Henriade* trouxeram-lhe a admiração dos poderosos, as sátiras provocaram sua fúria. Fazia versos ridicularizando membros de famílias ilustres, até mesmo o herdeiro do trono francês. Os exílios começaram por causa dessa incapacidade de calar-se ante a ignorância dos poderosos. Mesmo quando caía em desgraça, Voltaire sempre encontrava novos patronos importantes, dispostos a recebê-lo – fosse em meio aos círculos intelectuais ingleses, fosse na pessoa de uma amante, como Madame de Châtelet, ou até de um rei, como Frederico II da Prússia.

Assim, as viagens de Cândido têm vários sentidos. Lembram as narrativas de aventuras, populares na época, mas também a experiência e as crenças intelectuais do autor. Voltaire acreditava no aprendizado por meio da comparação, da valorização das diferenças entre povos, culturas, costumes. A Europa toda aprendera o valor desse método com a descoberta do Novo Mundo, e a popularidade dos romances de viagens deve muito à lembrança ainda recente dos relatos dos conquistadores da América. Daí, as muitas andanças da personagem-título, que visita a França, a Inglaterra, a Itália e outros países europeus, mas vai mais longe: encontra as missões jesuíticas no Uruguai e os muçulmanos turcos em sua terra. Enfrenta os piratas nos mares, os inquisidores na Espanha e em Portugal, os libertinos e jogadores italianos em Veneza.

Voltaire já foi chamado de "o mais inteligente dos pessimistas". Em *Cândido ou o Otimismo*, escrito em 1758, fez de seu protagonista a caricatura de um otimista quase ingênuo e incapaz de aprender as lições do mundo. Por isso, o texto é tão irônico. A ironia aparece toda vez que alguém diz como se já fosse, verdade ou fato, aquilo que realmente deveria ser, mas (ainda) não é. Tudo fica nas entrelinhas. O narrador é capaz de demonstrar o que pensa sem precisar dizer com todas as letras.

Aprendiz do filósofo Pangloss, Cândido vivia confortavelmente nos jardins de um belo castelo, na companhia da mais bela das herdeiras – Cunegundes –, a filha de seu protetor, o barão Thunder-ten-tronckh. Acreditava piamente nos ensinamentos de seu preceptor, para quem o mundo é de uma perfeição irretocável, com cada coisa em seu lugar, cada fato regido pela mão de uma Providência Divina, infalível e bondosa. A credulidade de Cândido não se abala nem mesmo quando, roubando um beijo de Cunegundes, cai na desgraça junto ao barão e, expulso a pontapés, despenca em meio a uma realidade hostil.

Sempre em busca da amada perdida, Cândido apanha das circunstâncias, incapaz de reagir e de compreender um mundo em que o mal prevalece sobre o bem. O contraste cômico entre suas convicções e os fatos é reforçado pela companhia fiel de seu mestre Pangloss, também surdo à realidade. Vagando ao sabor dos acontecimentos, o herói presencia guerras, vigarice, intolerância religiosa, escravidão, desastres naturais, mas não se emenda. Os novos companheiros de viagem – o astuto criado Cacambo e o cético Martinho, o oposto do mestre Pangloss – não conseguem modificá-lo em sua confiança cega na sabedoria do destino.

Mas o que faz Cândido despertar de seu otimismo é a realização de seus desejos. Há uma última decepção que consegue fazer Cândido amadurecer. O recém-desencantado aprende a desconfiar e descobre um remédio amargo para o otimismo: um sábio turco sugere que deixe de lado o idealismo exagerado, fonte da tolice, e se ocupe do cultivo do próprio jardim dos pensamentos e emoções.

E se o leitor aprende algo com a ingenuidade teimosa de Cândido, é justamente a plantar o seu jardim sem grandes ilusões, fazendo frente aos horrores do mundo com as mangas arregaçadas.

CÂNDIDO

OU O OTIMISMO

traduzido do alemão do Sr. Dr. Ralph
com os adendos que se encontraram no bolso
do doutor, quando morreu em Minden, no ano
da graça de 1759

Capítulo Primeiro

De como Cândido foi criado num belo castelo e de como foi expulso.

Havia na Vestfália, no castelo do senhor barão de Thunder-ten-tronckh, um jovem rapaz a quem a natureza havia dado os modos mais delicados. Sua fisionomia anunciava sua alma. Tinha o juízo bastante reto, com o espírito mais simples; foi por esta razão, quero crer, que chamavam-no Cândido. Os antigos criados da casa suspeitavam de que era filho da irmã do senhor barão e de um bom e honesto cavalheiro da vizinhança, com quem aquela senhorita jamais quisera casar porque ele só tinha podido provar setenta e um costados,[1] e o resto de sua árvore genealógica tinha-se perdido pela injúria do tempo.

O senhor barão era um dos mais poderosos senhores da Vestfália, pois seu castelo tinha uma porta e janelas. Seu salão era decorado com uma tapeçaria. Todos os cães de seu quintal compunham uma matilha quando necessário;

[1] Um costado representa uma geração de nobreza. Na França, as pessoas eram consideradas de boa nobreza quando tinham quatro costados; na Alemanha, era mais difícil. De todo jeito, setenta e um costados corresponderiam a mais de dois mil anos de nobreza!

seus palafreneiros[2] eram seus amestradores; o vigário da aldeia era seu capelão-mor. Chamavam-no monsenhor e riam quando ele contava histórias.

A senhora baronesa, que pesava cerca de trezentas e cinquenta libras,[3] atraía por causa disso uma grande consideração e fazia as honras da casa com uma dignidade que a tornava ainda mais respeitável. Sua filha Cunegundes, de dezessete anos, era corada, fresca, roliça, apetitosa. O filho do barão parecia em tudo digno do pai. O preceptor Pangloss era o oráculo da casa, e o pequeno Cândido escutava suas lições com toda a boa fé da idade e do caráter.

Pangloss ensinava a metafísico-teólogo-cosmolonigologia. Provava admiravelmente que não há efeito sem causa, e que, neste melhor dos mundos possíveis, o castelo de monsenhor barão era o mais belo dos castelos, e a senhora baronesa, a melhor das baronesas possíveis.

– Está demonstrado – dizia ele – que as coisas não podem ser de outra maneira: pois, tendo tudo sido feito com um fim, tudo existe necessariamente para o melhor fim. Observem bem que os narizes foram feitos para segurar óculos, de maneira que temos óculos. As pernas visivelmente foram instituídas para serem calçadas, e nós temos calças. As pedras foram formadas para serem talhadas, e para se construírem castelos com elas, de maneira que monsenhor tem um belíssimo castelo; o maior barão da província deve ter a melhor moradia; e, sendo os porcos feitos para serem comidos, comemos porco o ano inteiro: por conseguinte, aqueles que se arriscaram a dizer que tudo está bem disseram uma tolice; era preciso dizer que tudo está o melhor possível.

Cândido escutava com atenção e inocentemente acreditava; pois achava a senhorita Cunegundes extremamente bela, embora jamais tivesse tido a ousadia de dizer isso a ela. Concluía que depois da felicidade de ter nascido barão

---

[2] Aqueles que acompanham o palafrém, cavalo no qual os reis e os nobres faziam sua entrada nas cidades.

[3] Antiga medida de peso, que correspondia a 459,5 gr.

de Thunder-ten-tronckh, o segundo degrau da felicidade era ser a senhorita Cunegundes; o terceiro, vê-la todos os dias; e o quarto, ouvir o mestre Pangloss, o maior filósofo da província e, por conseguinte, de toda a Terra.

Um dia, Cunegundes, ao passear junto do castelo no pequeno bosque que chamavam de *parque*, viu, entre moitas, o doutor Pangloss, que dava uma aula de física experimental à camareira de sua mãe, moreninha bem bonita e dócil. Como a senhorita Cunegundes tinha muita disposição para as ciências, observou, sem fôlego, as experiências reiteradas de que foi testemunha; viu claramente a razão suficiente do doutor, os efeitos e as causas, e voltou para casa agitadíssima, pensativa, cheia do desejo de ser sábia, sonhando que ela bem que podia ser a razão suficiente do jovem Cândido, que podia também ser a dela.

De volta ao castelo encontrou Cândido e corou; Cândido também corou; ela o cumprimentou com voz entrecortada, e Cândido lhe falou sem saber o que dizia. No dia seguinte, após o jantar, ao saírem da mesa, Cunegundes e Cândido se encontraram atrás de um biombo; Cunegundes deixou cair seu lenço, Cândido o apanhou, ela tomou inocentemente a mão dele, o rapaz beijou inocentemente a mão da senhorita, com uma vivacidade, uma sensibilidade, uma graça toda particular; as bocas se reuniram, os olhos se inflamaram, os joelhos tremeram, as mãos se extraviaram. O senhor barão de Thunder-ten-tronckh passou junto do biombo e, vendo tal causa e tal efeito, expulsou Cândido do castelo com grandes pontapés no traseiro; Cunegundes desmaiou; foi esbofeteada pela senhora baronesa tão logo voltou a si; e, no mais belo e mais agradável dos castelos possíveis, tudo ficou uma consternação só.

Capítulo Segundo

O que acontece a Cândido entre os búlgaros.

Cândido, expulso do paraíso terrestre, andou por muito tempo sem saber para onde, chorando, erguendo os olhos ao céu, voltando-os frequentemente para o mais belo dos castelos, que guardava a mais bela das baronesas; deitou-se sem comer no meio das lavouras, entre dois sulcos; a neve caía em grandes flocos. Cândido, trêmulo de frio, arrastou-se na manhã seguinte até a cidade vizinha, que se chama Valdberghoff-trarbk-dikdorff, sem ter nenhum dinheiro, morrendo de fome e de cansaço. Parou tristemente à porta de uma taberna. Dois homens vestidos de azul repararam nele:

– Camarada – disse um –, eis aqui um jovem muito bem-apanhado e que tem o corpo necessário. Avançaram até Cândido e, muito civilizadamente, convidaram-no para almoçar.

– Amigos – disse-lhes Cândido com modéstia encantadora –, os senhores me honram muito, mas não tenho com que pagar minha parte.

– Ah! Meu senhor – disse-lhe um dos de azul –, as pessoas com a sua aparência e com o seu mérito nunca pagam nada; o senhor não tem cinco pés e cinco polegadas[4] de altura?

– Sim, senhores, é a minha altura – disse ele, fazendo uma reverência.

– Ah! Meu amigo, ponha-se à mesa; nós não apenas o financiaremos, como também não permitiremos jamais que um homem como o senhor fique sem dinheiro; os homens só foram feitos para se socorrerem uns aos outros.

– O senhor tem razão – disse Cândido –, é o que o senhor Pangloss sempre me disse, e vejo bem que tudo está o melhor possível.

Rogam-lhe que aceite alguns escudos, ele os toma e quer pagar sua entrada; não permitem; sentam-se à mesa:

– O senhor não ama com ternura?...

– Oh, sim – responde ele –, amo com ternura a senhorita Cunegundes.

– Não – diz um dos senhores –, perguntamos se o senhor não ama com ternura o rei dos búlgaros.

– De modo algum – diz ele –, pois nunca o vi.

– Como? É o mais encantador dos reis, e temos de brindar à sua saúde!

– Oh! De bom grado, senhores – e ele bebe.

– Já basta – dizem-lhe –, eis que o senhor é o apoio, o sustento, o defensor, o herói dos búlgaros; sua fortuna está feita, e sua glória, assegurada.

Imediatamente, põem-lhe correntes nos pés e levam-no ao regimento. Fazem-no virar à direita, à esquerda, levantar a vareta,[5] baixar a vareta, deitar sobre o rosto, atirar, dobrar a marcha e dão-lhe trinta cacetadas; no dia seguinte, faz o exercício um pouco menos mal, e só recebe vinte cacetadas; no terceiro dia, só lhe dão dez, e é visto pelos camaradas como um prodígio.

---

4 *Pés*: medida equivalente a 0,33 metros; *polegada*: antiga medida equivalente a 27 milímetros.

5 A vareta servia para carregar a arma e limpar o cano.

Cândido, estupefato, não atinava ainda muito bem como podia ser um herói. Num belo dia de primavera, resolveu ir passear, andando para a frente em linha reta, achando que era um privilégio da espécie humana, bem como da espécie animal, servir-se das pernas a seu bel-prazer. Nem fez duas léguas, e eis que quatro outros heróis de seis pés de altura o agarram, o amarram e o levam para uma masmorra. Perguntaram-lhe judiciosamente o que ele preferia: ser fustigado trinta e seis vezes por todo o regimento ou receber de uma só vez doze balas de chumbo no cérebro. Não adiantou ele dizer que as vontades são livres e que não queria nem uma coisa nem outra: tinha de escolher. Decidiu, em virtude do dom divino chamado *liberdade*, passar trinta e seis vezes pelas varetas; aguentou duas rodadas. O regimento era composto de dois mil homens, o que lhe somava quatro mil varetadas que, da nuca até as nádegas, lhe descobriram os músculos e os nervos. Como iam proceder à terceira rodada, Cândido, não podendo mais, suplicou que tivessem a bondade de lhe quebrar a cabeça; obteve este favor. Vendam-lhe os olhos, fazem-no ajoelhar-se. O rei dos búlgaros passa naquele momento, informa-se do crime do paciente; e, como aquele rei tinha um grande gênio, compreendeu, por tudo o que ficou sabendo de Cândido, que se tratava de um jovem metafísico, bem ignorante das coisas deste mundo, e concedeu-lhe a graça com uma clemência que será louvada em todos os jornais e em todos os séculos. Um bravo cirurgião curou Cândido em três semanas com os emolientes ensinados por Dioscórides. Já tinha um pouco de pele e podia andar, quando o rei dos búlgaros travou batalha contra o rei dos ávaros.

Capítulo Terceiro

De como Cândido fugiu dos búlgaros,
e o que lhe aconteceu.

Nada era tão belo, tão ágil, tão brilhante, tão bem-organizado quanto os dois exércitos. As trombetas, os pífaros, os oboés, os tambores e os canhões compunham uma harmonia tal, como jamais houve no inferno. Primeiro, os canhões derrubaram mais ou menos seis mil homens de cada lado; em seguida, a artilharia tirou do melhor dos mundos entre nove e dez mil patifes que infectavam a superfície da Terra. A baioneta foi também a razão suficiente da morte de alguns milhares de homens. O total chegava bem a umas trinta mil almas. Cândido, que tremia como um filósofo, escondeu-se o melhor que pôde durante aquela carnificina heroica.

Enfim, enquanto os dois reis mandavam cantar o *Te Deum*[6] em cada um dos acampamentos, Cândido optou por ir refletir em outro lugar acerca dos efeitos e das causas. Passou por cima de pilhas de mortos e moribundos e chegou a uma aldeia vizinha. Estava em cinzas: era uma aldeia ávara que os búlgaros tinham incendiado, conforme as leis do direito público. Aqui, velhos crivados de balas viam morrer suas

---

[6] Cântico de ação de graças: "Senhor, nós te louvamos", em latim.

mulheres degoladas, que seguravam os filhos nas mamas ensanguentadas; acolá, mocinhas estripadas, depois de terem satisfeito as necessidades naturais de alguns heróis, davam os últimos suspiros; outras, queimadas pela metade, imploravam que terminassem de matá-las. Havia miolos espalhados pela terra ao lado de braços e pernas cortados.

Cândido fugiu o mais depressa que pôde para outra aldeia. Esta pertencia aos búlgaros, e os heróis ávaros haviam-na tratado da mesma forma. Cândido, sempre caminhando sobre membros palpitantes ou através de ruínas, saiu finalmente do teatro da guerra, levando algumas pequenas provisões no seu alforje e pensando sempre na senhorita Cunegundes. Suas provisões acabaram quando chegou à Holanda; mas, tendo ouvido dizer que todo o mundo era rico naquele país e, além disso, cristão, teve certeza de que seria tratado tão bem como o fora no castelo do senhor barão, antes de ter sido expulso de lá pelos belos olhos da senhorita Cunegundes.

Pediu esmola a vários personagens sérios, que lhe responderam que, se continuasse a exercer aquele ofício, iriam trancá-lo numa casa de correção para ensiná-lo a viver.

Dirigiu-se em seguida a um homem que acabava de falar sozinho durante uma hora inteira sobre a caridade numa grande assembleia. Esse orador, olhando-o enviesado, disse-lhe:

– Que vem fazer aqui o senhor? É alguém da nossa causa?

– Não há nenhum efeito sem causa – respondeu modestamente Cândido –, tudo está necessariamente encadeado e dirigido para o melhor. Foi preciso que eu fosse expulso de junto da senhorita Cunegundes, que passasse pelas varetas, e é preciso que peça meu pão até poder ganhá-lo; tudo isso não podia ter sido de outro modo.

– Meu amigo – disse-lhe o orador –, o senhor acha que o papa é o Anticristo?

– Ainda não tinha ouvido dizer isso – respondeu Cândido –, mas, sendo ou não o Anticristo, preciso de pão.

– Não merece comer pão – disse o outro. – Vá, patife, vá, miserável, afaste-se de mim.

A mulher do orador, tendo posto a cabeça na janela e avistado um homem que duvidava de que o papa fosse o Anticristo, derramou-lhe na cabeça um penico cheio... Oh, céus! A que extremo é levado o zelo religioso nas senhoras!

Um homem que não tinha sido batizado, um bom anabatista[7] chamado Tiago, viu a maneira cruel e desonrosa como tratavam um de seus irmãos, um ser bípede sem penas, que tinha uma alma. Levou-o para casa, limpou-o, deu-lhe pão e cerveja, presenteou-o com dois florins e quis até mesmo ensiná-lo a trabalhar em sua manufatura de tecidos persas fabricados na Holanda. Cândido, quase se prostrando diante dele, exclamou:

– Mestre Pangloss bem me disse que tudo está para o melhor neste mundo, pois estou infinitamente mais tocado pela vossa extrema generosidade do que pela dureza daquele senhor de casaco preto e da senhora sua esposa. No dia seguinte, ao passear, encontrou um mendigo todo coberto de feridas, os olhos mortos, a ponta do nariz roída, a boca torta, os dentes pretos, falando pela garganta, atormentado por uma tosse violenta e cuspindo um dente a cada acesso.

---

[7] Os anabatistas negavam o valor do batismo das crianças e só aceitavam o batismo na idade adulta.

Capítulo Quarto

De como Cândido encontrou seu velho mestre de filosofia, o doutor Pangloss, e o que decorreu disso.

Cândido, mais comovido pela compaixão do que pelo horror, deu àquele monstruoso mendigo os dois florins que recebera de seu honesto anabatista Tiago. O fantasma olhou para ele fixamente, derramou lágrimas e agarrou-se ao seu pescoço. Cândido, assustado, recuou.

– Ai de mim! – diz o miserável ao outro miserável.

– O senhor não reconhece mais seu caro Pangloss?

– O que ouço? O senhor, meu caro mestre! O senhor nesse estado medonho! Que infortúnio lhe aconteceu? Por que não está mais no castelo mais lindo do mundo? O que aconteceu com a senhorita Cunegundes, a pérola das moças, a obra-prima da natureza?

– Não posso mais – disse Pangloss.

Imediatamente, Cândido levou-o ao estábulo do anabatista, onde lhe deu um pouco de pão para comer. E quando Pangloss se recuperou:

– E então? – perguntou. – E Cunegundes?

– Morreu – respondeu o outro.

Cândido desmaiou ao ouvir aquilo; seu amigo restaurou-lhe os sentidos com um pouco de vinagre ruim que por acaso havia no estábulo. Cândido abre os olhos.

– Cunegundes morta! Ah! Onde está o melhor dos mundos? Mas de que doença morreu? Não terá sido de me ver expulso a pontapés do lindo castelo do senhor seu pai?

– Não – disse Pangloss –, ela foi estripada por soldados búlgaros, depois de ter sido violada tanto quanto alguém pode ser; quebraram a cabeça do senhor barão, que quis defendê-la; a senhora baronesa foi cortada em pedaços; meu pobre pupilo, tratado exatamente como a irmã; e, quanto ao castelo, não ficou pedra sobre pedra, nem um celeiro, nem um carneiro, nem um pato, nem uma árvore; mas fomos bem-vingados, pois os ávaros fizeram o mesmo com um baronato vizinho que pertencia a um senhor búlgaro.

Com tal discurso, Cândido desmaiou de novo; mas, voltando a si e tendo dito tudo o que devia dizer, perguntou sobre a causa e o efeito, e a razão suficiente que tinha posto Pangloss num estado tão lastimável.

– Ai de mim! – disse o outro. – Foi o amor; o amor, o consolador do gênero humano, o conservador do universo, a alma de todos os seres sensíveis, o terno amor.

– Pobre de mim! – disse Cândido. – Eu conheci este amor, este soberano dos corações, esta alma de nossa alma; tudo o que me valeu foi um beijo e vinte pontapés no rabo. Como essa bela causa pôde produzir no senhor um efeito tão abominável?

Pangloss respondeu nestes termos:

– Ah, meu caro Cândido! O senhor conheceu Paquette, aquela linda acompanhante de nossa augusta baronesa; provei nos seus braços as delícias do paraíso, que produziram estes tormentos do inferno que hoje me devoram; ela estava contaminada, talvez tenha morrido disso. Paquette recebera esse presente de um franciscano muito hábil, que tinha voltado às origens, pois recebera aquilo de uma velha condessa, que o recebera de um capitão de cavalaria, que o devia a uma marquesa, que o ganhara de um pajem, que o recebera de um jesuíta, que, sendo noviço, recebera-o em linha direta de um dos companheiros de Cristóvão Colombo. Quanto a mim, não o darei a ninguém, pois estou morrendo.

– Ó Pangloss! – exclamou Cândido. – Eis uma estranha genealogia! Não estaria o diabo na origem dela? – De jeito nenhum – retorquiu o grande homem –, era uma coisa indispensável no melhor dos mundos, um ingrediente necessário: pois, se Colombo não tivesse apanhado numa ilha da América essa doença que envenena a fonte da geração, que muitas vezes impede a geração e que é evidentemente o oposto da grande meta da natureza, nós não teríamos nem o chocolate nem a cochonilha.[8] É preciso também observar que até hoje, em nosso continente, essa doença nos é particular, como a controvérsia. Os turcos, os indianos, os persas, os chineses, os siameses, os japoneses ainda não a conhecem; mas há uma razão suficiente para que a conheçam, por sua vez, daqui a alguns séculos.

Enquanto esperam, ela tem feito um progresso maravilhoso entre nós e sobretudo nesses grandes exércitos compostos de honestos mercenários, bem-criados, que decidem o destino dos Estados; pode-se assegurar que, quando trinta mil combatem em batalha campal contra tropas iguais em número, há cerca de vinte mil sifilíticos de cada lado.

– É espantoso – diz Cândido –, mas agora é preciso tratar do senhor.

– E como eu poderia? – diz Pangloss. – Não tenho um tostão, meu amigo, e, em toda a extensão deste planeta, não se pode mandar sangrar nem fazer uma lavagem sem pagar, ou sem que haja alguém que pague por nós.

Essa última frase determinou Cândido, e ele foi-se jogar aos pés de seu caridoso anabatista Tiago. Pintou-lhe um quadro tão tocante do estado a que seu amigo estava reduzido, que o bom homem não hesitou em recolher o doutor Pangloss. Pagou para que fosse tratado. Pangloss, no tratamento, só perdeu um olho e uma orelha. Ele escrevia bem e conhecia a aritmética à perfeição. O anabatista Tiago fez dele seu contador. Ao cabo de dois meses, tendo que ir a Lisboa para tratar de seus negócios, levou em seu navio

[8] Espécie de inseto que produz uma tinta vermelha.

seus dois filósofos. Pangloss explicou-lhe como tudo estava da melhor maneira possível. Tiago não era da mesma opinião.

– É necessário – dizia ele – que os homens tenham corrompido um pouco a natureza, porque não nasceram lobos e se transformaram em lobos. Deus não lhes deu nem canhão nem baioneta, e eles inventaram canhões e baionetas para se destruírem. Eu poderia incluir aí as falências e a justiça, que se apodera dos bens dos falidos para frustrar os credores.

– Tudo isso era indispensável – replicava o doutor caolho –; os infortúnios particulares fazem o bem geral, de maneira que, quanto mais houver infortúnios particulares, melhor tudo estará.

Enquanto raciocinava, o céu escureceu, os ventos sopraram dos quatro cantos do mundo, e o navio foi assaltado pela mais terrível tempestade à entrada do porto de Lisboa.

Capítulo Quinto

Tempestade, naufrágio, terremoto e o que aconteceu ao doutor Pangloss, a Cândido e ao anabatista Tiago.

Metade dos passageiros, debilitados, padecendo das inconcebíveis angústias que o balanço de um navio provoca nos nervos e em todos os humores do corpo, agitados em sentidos opostos, não tinham força sequer para se preocupar com o perigo. A outra metade gritava e fazia orações; as velas estavam rasgadas, os mastros, quebrados, o barco, rachado ao meio. Trabalhava quem podia, ninguém se entendia, ninguém comandava. O anabatista ajudava um pouco na manobra; estava no tombadilho, um marinheiro furioso deu-lhe uma rude pancada que o estendeu no chão; mas, tão logo a deu, foi de tal modo sacudido que caiu de ponta-cabeça para fora do barco. Ficou suspenso, agarrado a um pedaço de mastro quebrado. O bom Tiago corre para socorrê-lo, ajuda-o a subir de volta e, com o esforço que faz, é precipitado ao mar às vistas do marinheiro, que o deixou morrer sem ao menos dignar-se olhar. Cândido se aproxima, vê seu benfeitor ressurgindo por um momento e sendo engolido para sempre. Quer atirar-se atrás dele ao mar; o filósofo Pangloss impede-o, provando-lhe que o estuário de Lisboa tinha sido feito expressamente para que aquele anabatista se afogasse nele. Enquanto provava isso *a priori*, o barco partiu-se ao meio, tudo pereceu, com exceção de Pangloss, de Cândido e daquele marinheiro estúpido que afogara o virtuoso anabatista; o patife nadou lepidamente até a costa, aonde Pangloss e Cândido foram levados numa tábua.

Quando voltaram um pouco a si, caminharam rumo a Lisboa. Sobrava-lhes algum dinheiro, com o qual esperavam livrar-se da fome após terem escapado da tempestade.

Mal puseram os pés na cidade, lamentando a morte de seu benfeitor, sentiram a terra tremer sob seus passos.[9] O mar se levanta, fervilhando no porto, e destrói os navios ali ancorados. Turbilhões de chamas e cinzas cobrem as ruas e as praças; as casas desabam, os telhados são revirados sobre as fundações, e as fundações se desfazem. Trinta mil habitantes de toda idade e sexo são esmagados sob as ruínas. O marinheiro dizia, assobiando e xingando:

– Deve haver qualquer coisa para ganhar por aqui.

– Qual pode ser a razão suficiente para este fenômeno? – dizia Pangloss.

– É o fim do mundo! – exclamava Cândido.

O marinheiro corre *incontinenti* para o meio dos destroços, enfrenta a morte para encontrar dinheiro, encontra, apodera-se dele, embriaga-se e, tendo passado a bebedeira, compra os favores da primeira moça de boa vontade que encontra nas ruínas das casas destruídas, em meio aos mortos e moribundos. Pangloss, no entanto, puxava-lhe a manga da camisa:

– Meu amigo – dizia-lhe –, isso não está certo, o senhor está faltando com a razão universal, está usando mal o seu tempo.

– Vá para o inferno! – respondeu o outro. – Sou marinheiro e nascido em Batávia; andei quatro vezes sobre o crucifixo[10]

---

9 Lisboa sofreu um terremoto devastador no dia 1° de novembro de 1755.

10 Os japoneses obrigavam seus compatriotas a serviço dos holandeses a pisar na cruz, como prova de que não haviam adotado a religião cristã. Voltaire estende a esse holandês o tratamento dado aos japoneses.

em quatro viagens ao Japão; você encontrou o homem certo para sua razão universal!

Algumas lascas de pedra tinham ferido Cândido; estava estendido na rua e coberto de destroços. Dizia a Pangloss:

– Socorro! Traga-me um pouco de vinho e de azeite, estou morrendo.

– Este terremoto não é coisa nova – respondeu Pangloss –; a cidade de Lima sofreu os mesmos tremores na América no ano passado; mesmas causas, mesmos efeitos: certamente existe um veio de enxofre debaixo da terra desde Lima até Lisboa.

– Nada é mais provável – disse Cândido –, mas, por Deus, um pouco de azeite e vinho.

– Como, provável? – replicou o filósofo. – Afirmo que a coisa está demonstrada.

Cândido perdeu os sentidos, e Pangloss lhe trouxe um pouco de água de uma fonte vizinha.

No dia seguinte, tendo achado alguma comida ao se insinuarem pelos escombros, restauraram um pouco as forças. Em seguida, trabalharam como os demais para aliviar os habitantes sobreviventes da morte. Alguns cidadãos socorridos por eles deram-lhes um jantar tão bom quanto possível num tal desastre. É verdade que a refeição foi triste; os convivas regavam seu pão com as lágrimas; mas Pangloss consolou-os, assegurando-lhes de que as coisas não podiam ser diferentes:

– Pois – disse ele – tudo isso é o que há de melhor. Pois, se há um vulcão em Lisboa, ele não podia estar em outra parte. Pois é impossível que as coisas não estejam onde estão. Pois tudo está certo.

Um homenzinho escuro, familiar[11] da Inquisição, que estava ao lado dele, pediu educadamente a palavra e disse:

– Aparentemente, o senhor não crê no pecado original, pois, se tudo está pelo melhor, não houve nem queda nem punição.

[11] Oficial da Inquisição encarregado de prender os acusados de heresia.

– Peço humildemente perdão a Vossa Excelência – respondeu Pangloss ainda mais educadamente –, pois a queda do homem e a maldição entravam necessariamente no melhor dos mundos possíveis.

– O senhor então não crê na liberdade? – perguntou o familiar.

– Vossa Excelência me escusará – disse Pangloss –; a liberdade pode coexistir com a necessidade absoluta; pois era necessário que fôssemos livres; pois, enfim, a vontade determinada...

Pangloss estava no meio de sua frase quando o familiar fez um sinal de cabeça a seu estafeiro,[12] para que lhe servisse um vinho do Porto.

[12] Criado que acompanhava o cavaleiro a pé, junto ao estribo.

Capítulo Sexto

De como se fez um belo auto de fé para evitar os terremotos, e de como Cândido foi açoitado nas nádegas.

Após o terremoto que destruíra três quartos de Lisboa, os sábios do país não encontraram meio mais eficaz para prevenir a ruína total senão dar ao povo um belo auto de fé.[13] Foi decidido pela Universidade de Coimbra que o espetáculo de algumas pessoas queimadas em fogo lento, com grande solenidade, é um segredo infalível para impedir a terra de tremer.

Por conseguinte, tinham agarrado um biscainho,[14] certos de que ele era casado com a comadre, e dois portugueses que, ao comerem um frango, arrancaram-lhe a gordura. Depois do jantar, vieram prender o doutor Pangloss e seu discípulo Cândido: um por ter falado, e o outro, por ter escutado com ar de aprovação. Ambos foram levados separadamente para aposentos extremamente frescos, nos quais

---

[13] Espetáculo público, promovido pela Inquisição, no qual se queimavam em fogueiras os supostos hereges e os acusados de "prática de judaísmo". O auto de fé descrito por Voltaire realmente aconteceu em 20 de junho de 1756.

[14] Natural da Biscaia, província espanhola.

nunca se era incomodado pelo sol. Oito dias depois, ambos foram revestidos com um sambenito, e as cabeças deles foram enfeitadas com mitras de papel: a mitra e o sambenito[15] de Cândido estavam pintados com chamas invertidas e diabos que não tinham nem rabos nem garras; mas os diabos de Pangloss tinham garras e rabos, e as chamas estavam de pé. Marcharam em procissão assim vestidos, e ouviram um sermão muito patético, seguido de uma bela música em fabordão.[16] Cândido foi ritmadamente açoitado nas nádegas enquanto cantavam; o biscainho e os dois homens que não quiseram comer gordura foram queimados, e Pangloss foi enforcado, embora não fosse o costume. No mesmo dia, a terra tremeu de novo com um estrondo horripilante.

Cândido, aterrorizado, aturdido, perturbado, sangrando, palpitando, dizia-se a si mesmo: "Se aqui é o melhor dos mundos possíveis, então como serão os outros? Tudo bem, se só eu tivesse sido açoitado, já tinha acontecido entre os búlgaros. Mas, ó meu caro Pangloss, o maior dos filósofos! Eu precisava vê-lo enforcado sem saber por quê? Ó meu caro anabatista, o melhor dos homens! Era preciso que se afogasse no porto? Ó senhorita Cunegundes, a pérola das donzelas! Era preciso que lhe tivessem rasgado o ventre?"

Ele ia-se embora, mal se aguentando em pé, encorajado, açoitado, absolvido e abençoado, quando uma velha o abordou e disse:

– Meu filho, tenha coragem, siga-me.

---

15 *Sambenito*: hábito usado pelos penitentes a caminho da execução nos autos de fé; *mitra*: carapuça usada pelos penitentes.

16 Composição de harmonia silábica, cantada sem pausas.

Capítulo Sétimo

De como uma velha cuidou de Cândido, e de como ele encontrou o que amava.

Cândido não se animou muito, mas seguiu a velha até seu casebre. Ela lhe deu um pote de pomada para se esfregar, deixou-o comer e beber. Mostrou-lhe uma caminha bem limpa. Havia junto da cama um traje completo.

– Coma, beba, durma – disse-lhe ela –, e que Nossa Senhora de Atocha, monsenhor Santo Antônio de Pádua e monsenhor São Tiago de Compostela cuidem do senhor: voltarei amanhã.

Cândido, ainda atônito com tudo o que tinha visto, com tudo o que tinha sofrido e sobretudo com a caridade da velha, quis beijar-lhe a mão.

– Não é minha mão que deve beijar – disse a velha –, voltarei amanhã. Esfregue a pomada no corpo, coma e durma.

Cândido, apesar de tanto sofrimento, comeu e dormiu. No dia seguinte, a velha lhe traz o almoço, inspeciona-lhe as costas, esfrega-as ela mesma com outra pomada. Depois, traz-lhe o jantar. Volta ao entardecer com a ceia.

No outro dia, ela repete o ritual.

– Quem é a senhora? – perguntava-lhe sempre Cândido. – Quem lhe inspirou tanta bondade? A boa mulher nunca respondia nada. Voltou ao anoitecer, mas não trouxe a ceia.

– Venha comigo – disse – e não diga uma palavra.

Ela o toma pelo braço e caminha com ele pelo campo cerca de um quarto de milha. Chegam a uma casa isolada, rodeada de jardins e canais. A velha bate a uma portinha. Alguém abre. Conduz Cândido, por uma escada secreta, até um gabinete dourado, deixa-o sobre um sofá de brocado, fecha a porta atrás de si e se vai. Cândido pensava estar sonhando e encarava toda a sua vida como um sonho funesto e o momento presente, como um sonho agradável.

A velha em breve reapareceu; sustentava com dificuldade uma mulher trêmula, de porte majestoso, reluzente de pedrarias e coberta com um véu.

– Retire este véu – disse a velha a Cândido.

O jovem aproxima-se; ergue o véu com mão tímida. Que momento! Que surpresa! Ele acredita ver a senhorita Cunegundes; de fato a vê, era ela mesma. Falta-lhe a força, ele não pode proferir uma palavra, cai aos pés dela. Cunegundes cai sobre o sofá. A velha derrama sobre eles uns líquidos espirituosos. Eles recuperam os sentidos, falam-se: primeiro, são palavras entrecortadas, perguntas e respostas que se cruzam, suspiros, lágrimas, gritos. A velha lhes recomenda que façam menos barulho e os deixa a sós.

– Como! É você – diz-lhe Cândido –, está viva! Eu a encontro em Portugal! Então não foi violentada? Não lhe rasgaram o ventre, como o filósofo Pangloss me havia garantido?

– Assim foi – diz a bela Cunegundes –, mas nem sempre se morre desses dois acidentes.

– Mas seu pai e sua mãe foram mortos?

– É a dura verdade – diz Cunegundes chorando.

– E seu irmão?

– Meu irmão também foi morto.

– E por que está em Portugal? E como soube que eu estava aqui? E por que estranha aventura você me fez conduzir a esta casa?

– Eu lhe direi tudo – replicou a dama –, mas antes é preciso que você me conte tudo o que lhe aconteceu desde o beijo inocente que me deu e os pontapés que recebeu.

Cândido obedeceu com profundo respeito; e, embora estivesse perturbado, embora sua voz estivesse fraca e trêmula, embora o espinhaço ainda lhe doesse um pouco, contou-lhe da maneira mais ingênua tudo o que lhe havia acontecido desde o momento de sua separação. Cunegundes levantava os olhos ao céu; derramou lágrimas pela morte do bom anabatista e de Pangloss. Depois disso, falou nestes termos a Cândido, que não perdia uma única palavra e que a devorava com os olhos:

Capítulo Oitavo

História de Cunegundes.

– Estava na minha cama e dormia profundamente quando os céus houveram por bem enviar os búlgaros ao nosso lindo castelo de Thunder-ten-tronckh. Degolaram meu pai e meu irmão e cortaram minha mãe em pedaços. Um búlgaro enorme, com seis pés de altura, vendo que diante de tal espetáculo eu perdera os sentidos, pôs-se a violar-me. Isso fez com que eu voltasse a mim. Gritei, debati-me, mordi, arranhei, queria arrancar os olhos daquele búlgaro enorme, sem saber que tudo o que acontecia no castelo de meu pai era coisa usual: o brutamontes deu-me uma facada no flanco esquerdo, cuja marca ainda trago.

– Que triste! Espero ver esta marca – disse o ingênuo Cândido.

– Você verá – disse Cunegundes –, mas continuemos.

– Continue – disse Cândido.

Ela retomou assim o fio de sua história:

– Um capitão búlgaro entrou, viu-me toda ensanguentada, e o soldado nem se incomodou. O capitão enfureceu-se com o pouco respeito que o brutamontes lhe demonstrava e matou-o em cima de mim. Em seguida, fez-me curativos e me levou prisioneira de guerra para seu quartel. Eu lavava as poucas camisas que ele tinha, cozinhava. Ele me achava muito bonita, devo confessar. E não negarei que ele era muito bem-feito de corpo e que tinha a pele branca e suave. Por outro lado, pouco espírito e pouca filosofia: via-se logo que não tinha sido educado pelo doutor Pangloss. Ao cabo de três meses, tendo perdido todo seu dinheiro e enjoado de mim, ele me vendeu a um judeu chamado dom Issacar, que traficava na Holanda e em Portugal e que gostava apaixonadamente das mulheres. Esse judeu apegou-se muito à minha pessoa, mas não podia triunfar. Resisti melhor a ele que ao soldado búlgaro. Uma pessoa de honra pode ser violada uma vez, mas sua virtude fica fortalecida com isso.

O judeu, para me amansar, trouxe-me para esta casa de campo que você vê. Eu acreditava até então que não havia nada no mundo mais belo que o castelo de Thunder-ten-tronckh. Desiludi-me.

O inquisidor-mor reparou em mim um dia na missa, espreitou-me muito e mandou-me dizer que queria falar comigo sobre assuntos secretos. Fui levada a seu palácio; contei-lhe quem eu era; ele me disse o quanto estava abaixo da minha condição pertencer a um israelita. Alguém, da parte dele, propôs a dom Issacar que me cedesse ao monsenhor. Dom Issacar, que é o banqueiro da Corte e homem de crédito, não quis saber da coisa. O inquisidor ameaçou-o com um auto de fé. Enfim, meu judeu, intimidado, concluiu um acordo, pelo qual a casa e eu pertenceríamos aos dois em comum; o judeu teria para si as segundas e quartas-feiras e o dia do sábado, e o inquisidor teria os outros dias da semana. Faz seis meses que esta convenção subsiste. Não tem sido nada tranquilo, pois frequentemente tem havido dúvida sobre se a noite de sábado para domingo pertencia à velha lei ou à nova. Quanto a mim, tenho resistido até agora a ambas, e acho que é por essa razão que sempre fui amada.

Enfim, para desviar o flagelo dos tremores de terra, e para intimidar dom Issacar, o senhor inquisidor houve por bem celebrar um auto de fé. Honrou-me com um convite. Fiquei num lugar muito bom; serviam refrescos para as senhoras entre a missa e a execução. Na verdade, fiquei horrorizada ao ver queimarem aqueles dois judeus e o honesto biscainho que havia se casado com a comadre; mas qual foi minha surpresa, meu pasmo, minha perturbação, quando vi, num sambenito e sob uma mitra, um rosto que lembrava o de Pangloss! Esfreguei os olhos, olhei com atenção e o vi ser enforcado; perdi as forças. Mal recuperava os sentidos e vi você despojado, nu: foi o cúmulo do horror, da consternação, da dor, do desespero. Eu lhe direi, com franqueza, que sua pele é ainda mais branca e de um encarnado mais perfeito que a do meu capitão dos búlgaros. Essa visão redobrou todos os sentimentos que me esmagavam, que me devoravam. Eu gritei, eu queria dizer: "Parem, seus bárbaros!", mas a voz me faltou, e meus gritos teriam sido inúteis. Depois que lhe açoitaram, pensei: "Como é possível que o amável Cândido e o sábio Pangloss estejam em Lisboa, um para receber cem chicotadas, e o outro para ser enforcado por ordem de monsenhor o inquisidor, de quem sou a bem-amada? Então Pangloss me havia enganado ao dizer que tudo está no melhor dos mundos".

Agitada, aturdida, ora fora de mim, ora pronta para morrer de fraqueza, tinha na cabeça o massacre de meu pai, de minha mãe, de meu irmão, a insolência do meu feio soldado búlgaro, a facada que me deu, minha servidão, meu ofício de cozinheira, meu capitão búlgaro, meu feio dom Issacar, meu abominável inquisidor, o enforcamento do doutor Pangloss, aquele grande *miserere* em fabordão durante o qual açoitavam você e, sobretudo, o beijo que você me dera atrás de um biombo, no dia em que o vi pela última vez. Louvei a Deus, que trazia você de volta para mim depois de tantas provações. Recomendei à velha que cuidasse de você e que o trouxesse aqui assim que pudesse. Ela se saiu muito bem na missão. Experimentei o prazer inexprimível de vê-lo de volta, de ouvi-lo, de lhe falar. Você deve estar morto de fome; tenho um grande apetite; vamos começar pela ceia.

Eis que ambos se põem à mesa. E, depois da ceia, voltam para o belo sofá de que já se falou; ali estavam quando o senhor dom Issacar, um dos donos da casa, chegou. Era o dia de sábado. Vinha gozar de seus direitos e explicar seu terno amor.

Capítulo Nono

O que aconteceu a Cunegundes, a Cândido, ao inquisidor-mor e a um judeu.

Aquele Issacar era o mais furioso hebreu que já se tinha visto em Israel desde o cativeiro na Babilônia.

– O quê? – disse ele. – Cadela galileia, não basta o senhor inquisidor? Esse patife também tem de compartilhar comigo?

Dizendo isso, saca de um longo punhal com que andava sempre armado e, não crendo que seu adversário tivesse armas, lança-se sobre Cândido; mas, junto com o traje completo, o nosso bom vestfaliano tinha recebido da velha uma bela espada. Saca-a da bainha e, embora tivesse modos muito delicados, deixa o israelita estendido, duro e morto no assoalho, aos pés da bela Cunegundes.

– Virgem Santa! – exclamou ela. – Que será de nós? Um homem morto na minha casa! Se a justiça vier, estaremos perdidos.

– Se Pangloss não tivesse sido enforcado – disse Cândido –, ele nos daria um bom conselho nesta situação extrema, pois era um grande filósofo. Na falta dele, consultemos a velha.

A velha era muito prudente e, quando começava a emitir sua opinião, uma outra portinhola se abriu. Era uma hora da manhã, início do domingo. Este dia pertencia ao senhor inquisidor. Ele entra e vê o açoitado Cândido de espada à mão, um morto estendido no assoalho, Cunegundes apavorada, e a velha dando conselhos.

Eis o que passou na alma de Cândido naquele momento: "Se este santo homem chamar por socorro, ele fatalmente me mandará queimar; poderá fazer o mesmo com Cunegundes; mandou-me chicotear impiedosamente; é meu rival; acabo de matar, não há por que hesitar". Esse raciocínio foi nítido e rápido; e, sem dar tempo ao inquisidor de se recobrar da surpresa, Cândido perfura-o de um lado a outro e o joga ao lado do judeu.

– Mais uma morte – diz Cunegundes –, não há mais remissão; estamos excomungados, nossa última hora chegou. Como você, que nasceu tão meigo, pôde matar em dois minutos um judeu e um prelado?

– Minha bela senhorita – respondeu Cândido –, quando se está apaixonado, enciumado e chicoteado pela Inquisição, a gente não se reconhece mais.

A velha então tomou a palavra e disse:

– No estábulo há três cavalos andaluzes, selas e arreios: que o bravo Cândido os prepare. A senhorita tem pistolas e diamantes: montemos rapidamente a cavalo, embora eu só possa sustentar-me em uma nádega, e vamos para Cádiz; está fazendo o tempo mais lindo do mundo, é um prazer enorme viajar no frescor da noite.

Imediatamente, Cândido sela os três cavalos. Cunegundes, a velha e ele fazem trinta milhas de uma só arrancada. Enquanto se distanciam, a Santa Irmandade chega à casa; enterram monsenhor numa bela igreja e jogam Issacar na estrada.

Cândido, Cunegundes e a velha já estavam na pequena cidade de Avacena, no meio das montanhas da Serra Morena; e assim falavam numa estalagem:

Capítulo Décimo

Em que penúria Cândido, Cunegundes e a velha chegam a Cádiz, e de seu embarque.

– Quem pode ter roubado minhas pistolas e meus diamantes? – dizia Cunegundes chorando. – De que viveremos? Como faremos? Onde achar inquisidores e judeus que me deem outros?

– Que infelicidade! – diz a velha. – Desconfio muito de um reverendo frade franciscano que se deitou ontem no mesmo albergue que nós em Badajoz, Deus me livre de fazer um julgamento temerário! Mas ele entrou duas vezes no nosso quarto e partiu muito antes de nós.

– Ai, ai! – diz Cândido. – O bom Pangloss muitas vezes me provara que os bens da terra são comuns a todos os homens, que cada um tem direito igual a eles. Esse frade devia, segundo tais princípios, ter deixado alguma coisa para que terminássemos nossa viagem. Então não sobrou nada, minha bela Cunegundes?

– Nem um só maravedi[17] – diz ela.

– O que fazer? – diz Cândido.

---

[17] Antiga moeda de Portugal e Espanha.

– Vamos vender um dos cavalos – diz a velha –, eu montarei na garupa, embora só me possa sustentar em uma das nádegas, e chegaremos a Cádiz.

Havia na mesma estalagem um prior dos beneditinos, que comprou o cavalo bem barato. Cândido, Cunegundes e a velha passaram por Lucena, por Chillas, por Lebrija e finalmente chegaram a Cádiz. Ali se equipava uma frota e reuniam-se tropas para trazer à razão os reverendos padres jesuítas do Paraguai, acusados de sublevarem uma de suas hordas contra os reis de Espanha e Portugal, junto à cidade do Santo Sacramento. Cândido, tendo servido no exército búlgaro, fez seus exercícios diante do general da pequena armada com tanta graça, celeridade, destreza, altivez e agilidade, que lhe deram uma companhia de infantaria para comandar. Ei-lo capitão. Ele embarca com a senhorita Cunegundes, a velha, dois valetes e os dois cavalos andaluzes que tinham pertencido ao senhor inquisidor-mor de Portugal.

Durante toda a travessia, raciocinavam muito sobre a filosofia do pobre Pangloss.

– Vamos para outro universo – dizia Cândido –; talvez seja neste que tudo está bem. Pois há que se admitir que se poderia gemer um pouco com o que se passa no nosso no plano físico e moral.

– Amo você de todo o coração – dizia Cunegundes –, mas ainda tenho a alma muito desorientada por tudo o que vi, por tudo por que passei.

– Tudo estará bem – replicava Cândido –; os mares deste novo mundo já são melhores que os mares da nossa Europa; são mais calmos, os ventos mais constantes. Certamente, o melhor dos universos possíveis é o novo mundo.

– Queira Deus! – dizia Cunegundes –, mas fui tão horrivelmente infeliz no meu, que trago o coração quase fechado para a esperança!

– A senhorita se queixa – diz a velha –, mas não passou pelos mesmos infortúnios que eu. Cunegundes quase se pôs a rir e achou aquela boa velha muito divertida, ao pretender ser mais infeliz do que ela.

– Ora, minha querida – disse-lhe Cunegundes –, a menos que a senhora tenha sido estuprada por dois búlgaros, que tenha recebido duas facadas no ventre, que tenham demolido dois de seus castelos, que tenham degolado diante de seus olhos dois pais e duas mães, e que tenha visto dois amantes serem chicoteados num auto de fé, não vejo como possa ganhar de mim; acrescente-se que nasci baronesa com setenta e dois costados e que fui cozinheira.

– A senhorita – respondeu a velha – não conhece minhas origens; e, se eu lhe mostrasse o meu traseiro, a senhorita não falaria como fala e suspenderia seu julgamento. Tal discurso fez surgir uma enorme curiosidade no espírito de Cunegundes e de Cândido. A velha falou-lhes nestes termos:

Capítulo Décimo Primeiro

História da velha.

– Nem sempre tive os olhos cansados e bordados de escarlate. Nem sempre meu nariz encostou em meu queixo. Não fui sempre serviçal. Sou filha do papa Urbano X e da princesa de Palestrina. Fui criada até os quatorze anos num palácio para o qual todos os castelos de vossos barões alemães não teriam servido de estábulo; um vestido meu valia mais que todas as magnificências da Vestfália. Eu crescia em beleza, graça, talento, em meio a prazeres, respeitos e esperanças. Já inspirava o amor, meu colo se formava; e que colo! Branco, firme, talhado como o da Vênus de Medici. E que olhos! Que pálpebras! Que sobrancelhas negras! Que chamas brilhavam nas minhas pupilas e apagavam a cintilação das estrelas, como me diziam os poetas do bairro. As mulheres que me vestiam e despiam entravam em êxtase ao me verem por frente e por trás, e todos os homens desejariam estar no lugar delas.

Fui prometida a um príncipe, soberano de Massa Carrara. Que príncipe! Tão belo quanto eu, forjado na doçura e no prazer, brilhante de espírito e ardente de amor. Eu o amava como se ama pela primeira vez, com idolatria, com enlevo.

As bodas foram preparadas. Era uma pompa, uma magnificência inaudita; eram festas, desfiles militares, óperas bufas contínuas; e toda a Itália fez para mim sonetos dos quais não havia um só medíocre. Aproximava-se o momento da minha felicidade, quando uma velha marquesa, que tinha sido amante do meu príncipe, convidou-o a tomar chocolate em sua casa. Ele morreu em menos de duas horas, com convulsões horrorosas. Mas isso não é nada. Minha mãe, desesperada, e bem menos aflita que eu, quis livrar-se por algum tempo dessa atmosfera tão funesta. Ela possuía umas terras muito belas perto de Gaeta. Embarcamos numa galera tão dourada quanto o altar de São Pedro de Roma. Mas eis que um corsário de Salé surge à nossa frente e nos aborda. Nossos soldados se defenderam como soldados do papa: puseram-se todos de joelhos, derramando lágrimas e pedindo ao corsário uma absolvição *in articulo mortis.*

Na mesma hora, foram deixados nus como macacos, e minha mãe também, nossas damas de honra também, e eu também. É uma coisa admirável a diligência com que esses senhores despem as pessoas. Mas o que mais me surpreendeu é que nos enfiaram um dedo num lugar onde nós, mulheres, normalmente só deixamos que nos coloquem cânulas. Aquela cerimônia me parecia muito estranha: é assim, a gente tem o costume de julgar tudo quando está fora de seu país. Logo fiquei sabendo que era para ver se não tínhamos escondido ali alguns diamantes: é um uso estabelecido em tempos imemoriais entre as nações civilizadas que correm os mares. Soube que os senhores religiosos cavaleiros de Malta nunca deixam de fazê-lo quando apanham turcos ou turcas; é uma lei do direito das gentes que nunca foi derrogada.

Não lhes direi como é duro para uma jovem princesa ser levada escrava para o Marrocos com a mãe. É fácil imaginar tudo o que tivemos de sofrer no barco corsário. Minha mãe ainda era muito bonita; nossas damas de honra, nossas simples camareiras tinham mais encantos do que os que se podem encontrar na África inteira. Quanto a mim, eu era arrebatadora, era a própria beleza, a própria graça e donzela. Mas não por muito tempo: aquela flor que eu reservara para o belo príncipe de Massa Carrara me foi roubada pelo capitão pirata. Era um negro abominável, que ainda pensava estar-me fazendo grande honra. Foi preciso que eu e a senhora princesa de Palestrina fôssemos muito fortes para resistir a tudo o que sofremos até nossa chegada ao Marrocos. Mas avancemos, são coisas tão comuns que não vale a pena contá-las.

O Marrocos nadava em sangue quando chegamos. Cinquenta filhos do imperador Mulei Ismael tinham cada qual seu partido, o que produzia de fato cinquenta guerras civis, de negros contra negros, de negros contra morenos, de morenos contra morenos, de mulatos contra mulatos. Era uma carnificina contínua em toda a extensão do império.

Mal desembarcamos, negros de uma facção inimiga da do meu pirata se apresentaram para roubar sua pilhagem. Nós éramos, depois dos diamantes e do ouro, o que ele tinha de mais precioso. Fui testemunha de um combate tal que vocês nunca veem em seus climas da Europa. Os povos setentrionais não têm o sangue ardente. Não têm a paixão pelas mulheres ao ponto em que é comum na África. Parece que os europeus têm leite nas veias. É vitríolo,[18] é fogo que corre nas veias dos habitantes do monte Atlas e dos países vizinhos. Combatia-se com a fúria dos leões, dos tigres e das serpentes da região, para saber quem ficaria conosco. Um mouro agarrou minha mãe pelo braço direito, o tenente do meu capitão reteve-a pelo braço esquerdo; um soldado mouro agarrou-lhe uma perna, um dos nossos piratas segurou a outra. Nossas moças se acharam quase todas ao mesmo tempo puxadas assim por quatro soldados. Meu capitão me mantinha escondida atrás de si. Empunhava a cimitarra e matava tudo o que se opunha ao seu furor. Enfim, vi todas as nossas italianas e minha mãe rasgadas, cortadas, massacradas pelos monstros que as disputavam. Meus companheiros cativos, aqueles que os haviam apanhado, soldados,

[18] Sal metálico comumente conhecido por sulfato.

marinheiros, negros, morenos, brancos, mulatos e enfim meu capitão, tudo foi morto, e eu fiquei moribunda em cima de uma pilha de cadáveres. Cenas parecidas aconteciam, como se sabe, na extensão de mais de trezentas léguas, sem que ninguém faltasse às cinco orações diárias ordenadas por Maomé.

Livrei-me com grande esforço da multidão de cadáveres sangrentos empilhados e me arrastei até uma grande laranjeira à beira de um riacho próximo. Ali, caí de pavor, cansaço, horror, desespero e fome. Logo depois, meus sentidos extenuados se entregaram a um sono que mais parecia desmaio do que repouso. Estava naquele estado de fraqueza e insensibilidade, entre a morte e a vida, quando me senti premida por alguma coisa que se agitava sobre meu corpo. Abri os olhos, vi um homem branco e de bom semblante que suspirava e dizia entre dentes: *O che sciagura d'essere senza coglioni!*[19]

[19] "Que desgraça é não ter culhões!"

Capítulo Décimo Segundo

Continuação dos infortúnios da velha.

– Espantada e feliz de ouvir a língua de minha pátria e não menos surpresa com as palavras que aquele homem proferia, respondi-lhe que havia infortúnios maiores do que esse de que ele se queixava. Instruí-o em poucas palavras sobre os horrores que eu experimentara e desmaiei de fraqueza. Ele me levou para uma casa vizinha, me pôs numa cama, me deu de comer, me serviu, consolou, bajulou, disse que não tinha visto nada tão belo quanto eu e que nunca tinha lamentado tanto a falta daquilo que ninguém lhe podia devolver. “Nasci em Nápoles”, disse-me, “e lá dois ou três mil meninos são capados por ano; uns morrem da coisa, outros adquirem uma voz mais bela que a das mulheres, outros vão governar Estados. Fizeram-me a operação com enorme sucesso, e fui músico da capela da senhora princesa de Palestrina.” “De minha mãe!”, exclamei. “De sua mãe!”, exclamou ele, chorando. “O quê? Então você seria aquela princesinha que eu criei até a idade de seis anos, e que já prometia ser tão bela quanto é?” “Sou eu mesma; minha mãe está a quatrocentos passos daqui, esquartejada sob um monte de cadáveres”.

Contei-lhe tudo o que me acontecera. Ele também me contou suas aventuras e me fez saber como tinha sido enviado ao rei do Marrocos por uma potência cristã, para concluir com aquele monarca um tratado pelo qual lhe forneceriam pólvora, canhões e barcos, para ajudá-lo a exterminar o comércio dos outros cristãos. "Minha missão está concluída", disse o honesto eunuco. "Vou embarcar em Ceuta e levarei você de volta à Itália. *Ma che sciagura d'essere senza coglioni!*"

Agradeci-lhe entre lágrimas de ternura. E ele, em vez de me levar para a Itália, conduziu-me a Argel, onde me vendeu ao governador da província. Assim que fui vendida, a peste, que já andara pela África, pela Ásia e pela Europa, manifestou-se em Argel com furor. A senhorita viu terremotos, mas já teve peste?

– Nunca – respondeu a baronesa.

– Se tivesse tido – retomou a velha –, confessaria que ela está bem acima de um terremoto. É muito comum na África; fui acometida dela. Imagine que situação para a filha de um papa, com quinze anos de idade, que num prazo de três meses tinha experimentado a pobreza e a escravidão, tinha sido estuprada quase todos os dias, tinha visto a mãe ser cortada em quatro, tinha amargado a fome e a guerra e morria pestilenta em Argel. Contudo não morri. Mas meu eunuco e o governador, e quase todo o harém de Argel, pereceram.

Quando os primeiros estragos daquela peste pavorosa cessaram, os escravos do governador foram vendidos. Um comerciante me comprou e me levou a Túnis; vendeu-me a outro comerciante, que me revendeu em Trípoli; de Trípoli fui revendida em Alexandria, de Alexandria revendida em Esmirna, de Esmirna em Constantinopla. Finalmente, coube-me pertencer a um agá dos janízaros,[20] que logo foi enviado para defender Azov contra os russos que a sitiavam.

O agá, que era um homem *mui* galante, levou consigo todo o seu harém e nos alojou num pequeno forte junto

[20] *Agá*: título dos chefes militares no império turco. *Janízaros*: soldados da guarda do sultão.

ao mar de Azov, guardado por dois eunucos negros e vinte soldados. Matou-se uma quantidade prodigiosa de russos, mas eles deram o troco. Azov foi posta a ferro e fogo, e não se perdoou nem o sexo nem a idade. Só restou nosso pequeno forte. Os inimigos quiseram vencer-nos pela fome. Os vinte janízaros tinham jurado não se render. Os extremos da fome a que foram reduzidos os constrangeram a comer nossos dois eunucos, de medo de violarem seu juramento. Ao cabo de alguns dias, decidiram comer as mulheres.

Tínhamos um imã[21] muito piedoso e compassivo, que lhes fez um belo sermão pelo qual os persuadiu a não nos matar por completo. "Cortem somente uma nádega de cada uma das senhoras", disse ele, "e com isso terão boa comida; se for preciso repetir, terão ainda o mesmo tanto dentro de alguns dias; o céu lhes agradecerá por uma ação tão caridosa e vocês serão socorridos."

Ele era muito eloquente e os persuadiu. Fizeram-nos essa horrível operação. O imã nos aplicou o mesmo bálsamo que se põe nos meninos que são circuncidados. Estávamos todas para morrer.

Mal os janízaros terminaram a refeição que lhes havíamos fornecido, os russos chegaram em balsas. Não sobrou um único janízaro. Os russos não deram a menor atenção ao estado em que nos encontrávamos. Por toda parte existem cirurgiões franceses: um deles, muito habilidoso, ocupouse de nós; curou-nos, e lembrarei por toda a vida de que, quando minhas chagas ficaram bem-fechadas, ele me fez propostas. De resto, disse a todas nós que nos consolássemos; assegurou-nos que em vários cercos coisa semelhante tinha acontecido, e que era a lei da guerra.

Assim que minhas companheiras puderam andar, mandaram-nas para Moscou. Coube-me um boiardo[22] que me fez sua jardineira e me dava vinte chicotadas por dia. Mas esse senhor, ao cabo de dois anos, acabou dando-se mal com

---

[21] Sacerdote muçulmano.

[22] Antigo nobre eslavo.

outros trinta boiardos por alguma patifaria de Corte: aproveitei, fugi. Atravessei toda a Rússia. Fui por muito tempo serviçal de estalagem em Riga, depois em Rostock, Vismar, Leipzig, Cassel, Utrecht, Leiden, Haia e Rotterdam: envelheci na miséria e na desonra, tendo apenas a metade do traseiro, lembrando-me sempre de que era filha de um papa. Quis matar-me uma centena de vezes, mas ainda amava a vida. Essa fraqueza ridícula talvez seja uma das nossas inclinações mais funestas. Pois há algo mais imbecil do que querer carregar continuamente um fardo que sempre queremos jogar no chão? Do que ter horror ao seu próprio ser e de se prender a ele? Enfim, do que acariciar a serpente que nos devora, até que nos tenha comido o coração?

Nos países que a sorte me fez percorrer e nas estalagens em que trabalhei, vi um número prodigioso de pessoas que execravam sua existência; mas só vi doze que voluntariamente deram fim à sua miséria: três negros, quatro ingleses, quatro genebrinos e um professor alemão chamado Robeck. Acabei sendo empregada do judeu dom Issacar; ele me pôs junto da bela senhorita; prendi-me ao seu destino e estava mais ocupada com suas aventuras do que com as minhas. Talvez eu jamais lhe tivesse falado dos meus infortúnios, se a senhorita não me tivesse espicaçado, e se não fosse costume, num barco, contar histórias para quebrar o tédio. Enfim, senhorita, tenho experiência, conheço o mundo; faça o teste, mande cada passageiro lhe contar sua história; e se houver um só que nunca tenha amaldiçoado a vida, que nunca tenha dito a si mesmo que era o mais infeliz dos homens, atire-me ao mar de ponta-cabeça.

Capítulo Décimo Terceiro

De como Cândido foi obrigado a se separar da bela Cunegundes e da velha.

A bela Cunegundes, tendo escutado a história da velha, fez-lhe todas as reverências devidas a uma pessoa de sua estirpe e de seu mérito. Aceitou a proposta; convidou todos os passageiros, um após o outro, a contar-lhe suas aventuras. Cândido e ela reconheceram que a velha tinha razão.

– É mesmo pena – dizia Cândido – que o sábio Pangloss tenha sido enforcado devido ao costume num auto de fé; ele nos diria coisas admiráveis sobre o mal físico e sobre o mal moral que cobrem a terra e o mar, e eu me sentiria bastante forte para ousar fazer-lhe respeitosamente algumas objeções.

À medida que cada um contava sua história, o barco avançava. Aportou-se em Buenos Aires. Cunegundes, o capitão Cândido e a velha foram à casa do governador Don Fernando de Ibarra y Figueroa y Mascareñas y Lampurdos y Souza. Esse senhor tinha um orgulho compatível com um homem que carrega tantos nomes. Falava aos homens com o desdém mais nobre, levantando tão alto o nariz, elevando tão impiedosamente a voz, assumindo um tom tão imponente, afetando uma postura tão altaneira, que todos os que o saudavam ficavam tentados a surrá-lo. Amava furiosamente as mulheres. Cunegundes pareceu-lhe o que ele jamais vira de mais belo. A primeira coisa que fez foi perguntar se ela por acaso não era a mulher do capitão. O ar com que fez essa pergunta alarmou Cândido: não ousou dizer que era sua mulher, porque de fato não era; não ousava dizer que era sua irmã, porque tampouco o era; e, embora essa mentira oficiosa tivesse estado outrora muito na moda entre os antigos e pudesse ser útil aos modernos, sua alma era demasiado pura para trair a verdade.

– A senhorita Cunegundes – disse ele – deve ter a honra de casar-se comigo, e suplicamos que Vossa Excelência se digne presidir nossas núpcias.

Don Fernando de Ibarra y Figueroa y Mascareñas y Lampurdos y Souza, levantando o bigode, sorriu amargamente e ordenou ao capitão Cândido que fosse passar em revista sua companhia. Cândido obedeceu. O governador ficou com a senhorita Cunegundes. Declarou-lhe sua paixão, jurou que no dia seguinte se casaria com ela diante da Igreja, ou de outra maneira, como conviesse a seus encantos. Cunegundes pediu-lhe um quarto de hora para se recolher, para consultar a velha e tomar sua decisão.

A velha disse a Cunegundes:

– A senhorita tem setenta e dois costados e nenhuma esmola. Só depende da senhorita tornar-se a mulher do maior senhor da América meridional, que tem um lindo bigode; será que a senhorita precisa importar-se com uma fidelidade a toda prova? Foi estuprada pelos búlgaros; um judeu e um inquisidor obtiveram suas graças: os infortúnios dão direitos. Confesso que, se estivesse no seu lugar, não teria o menor escrúpulo de desposar o senhor governador e fazer a fortuna do senhor capitão Cândido.

Enquanto a velha falava com toda a prudência que a idade e a experiência conferem, viu-se entrar no porto um pequeno navio. Trazia um alcaide e alguns aguazis,[23] e eis o que aconteceu.

---

[23] *Alcaide*: oficial de justiça; *aguazis*: procuradores, agente inferior de justiça.

A velha tinha adivinhado muito bem que foi um franciscano de mangas largas que roubou o dinheiro e as joias de Cunegundes na cidade de Badajoz, quando fugia às pressas com Cândido. Aquele monge quis vender algumas das pedras a um joalheiro. O comerciante reconheceu-as com as do inquisidor-mor. O franciscano, antes de ser enforcado, confessou que as tinha roubado; indicou as pessoas e a rota que tomavam. A fuga de Cunegundes e Cândido já era conhecida. Foram seguidos em Cádiz; mandou-se sem perda de tempo um navio em seu encalço. O navio já estava no porto de Buenos Aires. Correu o boato de que um alcaide ia desembarcar e que perseguia os assassinos de monsenhor o Inquisidor-mor. A prudente velha viu na mesma hora tudo o que tinha de ser feito.

– A senhorita não pode fugir – disse ela a Cunegundes – e nada tem a temer; não foi a senhorita que matou o monsenhor; além do mais, o governador, que a ama, não permitirá que a maltratem. Fique.

Cunegundes corre imediatamente até Cândido:

– Fuja – diz ela –, ou dentro de uma hora será queimado.

Não havia um segundo a perder; mas como se separar de Cunegundes e onde se refugiar?

Capítulo Décimo Quarto

De como Cândido e Cacambo foram recebidos pelos jesuítas do Paraguai.

Cândido trouxera de Cádiz um valete desses que se encontram em profusão nas costas de Espanha e nas colônias. Era um quarto espanhol, nascido de um mestiço de Tucumán. Tinha sido coroinha, sacristão, marinheiro, monge, carregador, soldado, lacaio. Chamava-se Cacambo e gostava muito de seu amo, porque seu amo era um homem muito bom. Selou rapidamente dois cavalos andaluzes.

– Vamos, meu amo, sigamos o conselho da velha; partamos e corramos sem olhar para trás. Cândido derramou lágrimas:

– Ó minha cara Cunegundes! Tenho de abandoná-la no momento em que o senhor governador vai preparar nossas bodas! Cunegundes, trazida de tão longe, que será de você?

– Ela será o que puder – disse Cacambo –, as mulheres sempre se arranjam; Deus proverá; corramos.

– Aonde você me leva? Aonde vamos? Que faremos sem Cunegundes? – dizia Cândido.

– Por São Tiago de Compostela! – diz Cacambo. – O senhor ia fazer guerra aos jesuítas; vamos fazê-la por eles: conheço bem os caminhos, eu o levarei ao reino deles, que ficarão encantados de ter um capitão que guerreia à moda búlgara; o senhor fará uma fortuna prodigiosa; quando não temos lucro num mundo, o encontramos em outro. É um prazer enorme ver e fazer coisas novas.

– Então já esteve no Paraguai? – perguntou Cândido.

– Claro que sim! – disse Cacambo. – Fui serviçal no colégio de Assunção e conheço o governo dos padres tão bem quanto conheço as ruas de Cádiz. É uma coisa admirável esse governo. O reino já tem mais de trezentas léguas de diâmetro; é dividido em trinta províncias. Os padres têm tudo lá, e o povo, nada; é a obra-prima da razão e da justiça. A meu ver, não há nada tão divino quanto os padres, que aqui fazem guerra ao rei de Espanha e ao rei de Portugal, e que na Europa confessam esses reis; que aqui matam espanhóis e em Madri os enviam ao céu: isso me arrebata. Avancemos. O senhor será o mais feliz dos homens. Que prazer terão os padres quando souberem que está chegando para eles um capitão que conhece a prática búlgara!

Assim que chegaram à primeira barreira, Cacambo disse à guarda avançada que um capitão pedia para falar com monsenhor o comandante. Foram avisar aos sentinelas. Um oficial paraguaio correu aos pés do comandante para participá-lo da notícia. Cândido e Cacambo primeiro foram desarmados; apreenderam-lhes os cavalos andaluzes. Os dois estrangeiros foram introduzidos no meio de duas fileiras de soldados; o comandante estava na ponta, com seu chapéu de três cornos na cabeça, a túnica arregaçada, a espada do lado, o espontão na mão. Deu um sinal; imediatamente, vinte e quatro soldados circundaram os dois recém-chegados. Um sargento lhes diz que é preciso esperar, que o comandante não lhes pode falar, que o reverendo padre provincial não permite que nenhum espanhol abra a boca a não ser em sua presença e que fique mais do que três horas no país.

– E onde está o reverendo padre provincial? – pergunta Cacambo.

– Foi à parada, depois de ter rezado a missa – respondeu o sargento –, e os senhores só poderão beijar-lhes as esporas daqui a três horas.

– Mas o senhor capitão, que morre de fome como eu – diz Cacambo –, não é espanhol, é alemão; não poderíamos almoçar enquanto esperamos Sua Reverência?

O sargento foi prontamente dar conta destas falas ao comandante.

– Deus seja louvado! – disse este senhor. – Já que é alemão, posso falar com ele; que seja levado à minha cabana.

Imediatamente, conduziram Cândido a um gabinete de folhagens ornado com uma linda colunada de mármore verde e ouro e com gaiolas que encerravam papagaios, colibris, galinhas-d'angola e todos os pássaros mais raros. Um excelente almoço estava preparado em vasilhas de ouro; e enquanto os paraguaios comiam milho em tigelas de pau, em pleno campo, sob o calor do sol, o reverendo padre comandante entrou na cabana.

Era um belíssimo jovem, de rosto cheio, muito branco, de tez corada, sobrancelhas arqueadas, olhar vivo, orelhas vermelhas, lábios rubros, ar orgulhoso, mas de uma altivez que não era nem a de um espanhol, nem a de um jesuíta. Devolveram a Cândido e a Cacambo as armas que lhes haviam apreendido, assim como os dois cavalos andaluzes; Cacambo deu-lhes aveia para comer perto da cabana, mantendo sempre um olho sobre eles, com medo de alguma surpresa.

Cândido beijou primeiro a borda da batina do comandante, em seguida, puseram-se à mesa.

– Então, o senhor é alemão? – perguntou-lhe o jesuíta nessa língua.

– Sim, reverendo padre – respondeu Cândido.

Um e outro, ao pronunciarem tais palavras, se olhavam com extrema surpresa e uma emoção que não podiam dominar.

– E de que região da Alemanha o senhor é? – perguntou o jesuíta.

– Da suja província da Vestfália – disse Cândido. – Nasci no castelo de Thunder-ten-tronckh.

– Ó céus! Será possível? – exclamou o comandante.

– Que milagre! – gritou Cândido.

– Será você? – disse o comandante.

– Não é possível – disse Cândido.

Ambos se deixam cair para trás, abraçam-se, derramam rios de lágrimas.

– Então? Seria o senhor, meu reverendo padre? O senhor, o irmão da bela Cunegundes! O senhor, que foi morto pelos búlgaros! O senhor, o filho do barão! O senhor, jesuíta no Paraguai! É preciso reconhecer que este mundo é muito estranho. Ó Pangloss! Pangloss! Como se deleitaria se não tivesse sido enforcado!

O comandante mandou retirar os escravos negros e os paraguaios que serviam a bebida em taças de cristal de rocha. Agradeceu a Deus e a Santo Inácio mil vezes; apertou Cândido entre os braços; o rosto de ambos estava banhado pelo pranto.

– O senhor ficaria ainda mais espantado, mais enternecido, fora de si mesmo – disse Cândido –, se eu lhe dissesse que a senhorita Cunegundes, sua irmã, que o senhor acreditava estripada, goza de plena saúde.

– Onde?

– Nas suas redondezas, em casa do senhor governador de Buenos Aires; e eu vinha para fazer guerra em nome do senhor.

Cada palavra que eles pronunciaram naquela longa conversação acumulava prodígio sobre prodígio. As almas saíam por inteiro na língua, estavam atentas nos ouvidos e cintilavam-lhes nos olhos. Como eram alemães, ficaram à mesa por muito tempo, esperando o reverendo padre provincial; e o comandante assim falou a seu caro Cândido:

Capítulo Décimo Quinto

De como Cândido matou o irmão de sua cara Cunegundes.

– Terei por toda a vida presente na memória o dia horrível em que vi matarem meu pai e minha mãe e estuprarem minha irmã. Quando os búlgaros se retiraram, não foi possível encontrar aquela irmã adorável, e puseram numa carroça minha mãe, meu pai e eu, duas servas e três meninos degolados, para nos enterrarem numa capela de jesuítas, a duas léguas do castelo de meus pais. Um jesuíta nos jogou água benta; ela era terrivelmente salgada; algumas gotas entraram nos meus olhos; o padre percebeu que minha pálpebra fazia um pequeno movimento: pôs a mão no meu peito e sentiu o coração palpitar; fui socorrido e, ao cabo de três semanas, nem parecia ter sofrido tanto. Você sabe, meu caro Cândido, que eu era muito bonito, e fiquei ainda mais; assim, o reverendo padre Croust, superior da casa, tomou por mim a mais terna amizade; deu-me o hábito de noviço; algum tempo depois, fui enviado a Roma. O padre general precisava de uma tropa de jovens jesuítas alemães. Os soberanos do Paraguai aceitam o mínimo possível de jesuítas espanhóis; preferem os estrangeiros, que lhes parecem mais fáceis de controlar. Fui julgado apropriado, pelo reverendo padre general, para ir trabalhar naquela vinha. Partimos, um polonês, um tirolês e eu. Fui honrado, ao chegar, com o subdiaconato e o grau de tenente; hoje sou coronel e presbítero. Recebemos com vigor as tropas do rei da Espanha; digo-lhe que elas serão excomungadas e vencidas. A Providência envia você aqui para nos ajudar. Mas será verdade que minha querida irmã Cunegundes esteja nas redondezas, em casa do governador de Buenos Aires?

Cândido garantiu em juramento que nada era mais verdadeiro. As lágrimas de ambos recomeçaram a correr. O barão não se cansava de abraçar Cândido; chamava-o seu irmão, seu salvador.

– Ah! Quem sabe, meu caro Cândido – dizia ele –, possamos entrar juntos como vencedores na cidade e resgatar minha irmã Cunegundes.

– É tudo quanto desejo – disse Cândido –, pois contava casar-me com ela e ainda espero fazê-lo.

– Você, seu insolente? – retrucou o barão. – Você teria o descaramento de se casar com minha irmã, que tem setenta e dois costados! Acho você muito atrevido por ousar falar-me de um desígnio tão temerário!

Cândido, petrificado por tal discurso, respondeu-lhe:

– Meu reverendo padre, todos os costados do mundo não servem para nada; tirei sua irmã dos braços de um judeu e de um inquisidor; ela me deve algumas obrigações, e quer casar-se comigo. Mestre Pangloss sempre me disse que os homens são todos iguais, e seguramente eu a desposarei.

– Veremos, patife! – disse o jesuíta barão de Thundher-ten-tronckh, e ao mesmo tempo desferiu-lhe um golpe com o lado chato da espada no rosto. Cândido no mesmo instante puxou da sua e enterrou-a até o punho na barriga do barão jesuíta. Mas, retirando-a ainda quente, pôs-se a chorar:

– Ai de mim, meu Deus! – disse ele. – Matei meu antigo amo, meu amigo, meu cunhado; sou o melhor homem do mundo, e já são três homens que mato; e desses três, dois são padres.

Cacambo, que montava guarda na porta da cabana, acorreu.

– Só nos resta vender caro nossa vida – disse-lhe seu amo –, decerto vão entrar na cabana, é preciso morrer de armas na mão.

Cacambo, que já tinha passado por situações semelhantes, não perdeu a cabeça; pegou a batina de jesuíta que o barão usava, colocou-a no corpo de Cândido, deu-lhe a boina quadrada do morto e o fez montar a cavalo. Tudo isso se fez num piscar de olhos.

– Galopemos, meu amo; todo o mundo tomará o senhor por um jesuíta que vai dar suas ordens; e teremos passado as fronteiras antes que possam correr atrás de nós.

Ele já voava enquanto dizia aquelas palavras e gritava em espanhol:

– Abram caminho, abram caminho para o reverendo padre coronel!

Capítulo Décimo Sexto

Do que aconteceu aos dois viajantes com duas moças, dois macacos e os selvagens chamados Orelhões.

Cândido e seu valete ultrapassaram as barreiras; no acampamento ninguém sabia ainda da morte do jesuíta alemão. O vigilante Cacambo tivera o cuidado de encher sua mala de pão, chocolate, presunto, frutas e algumas medidas de vinho. Internaram-se com seus cavalos andaluzes por uma terra desconhecida, onde não descobriram nenhuma estrada. Enfim, uma bela pradaria entrecortada de riachos se apresentou à sua frente. Nossos dois viajantes deixam pastar suas montarias. Cacambo propõe ao amo que comam e dá-lhe o exemplo.

– Como pode querer que eu coma presunto, depois de ter matado o filho do senhor barão e quando me vejo condenado a nunca mais rever na vida a bela Cunegundes? De que me servirá prolongar meus miseráveis dias, uma vez que devo arrastá-los longe dela, no remorso e no desespero? E o que dirá o *Trévoux*?[24]

---

[24] Nome do jornal dos jesuítas, fundado na cidade de Trévoux em 1701; esse jornal publicou vários textos desfavoráveis a Voltaire.

Assim falando, não deixou de comer. O sol se punha. Os dois perdidos ouviram alguns gritinhos que pareciam emitidos por mulheres. Não sabiam se tais gritos eram de dor ou de alegria; mas se levantaram precipitadamente, com essa inquietação e esse alarme que tudo inspira num país estranho. Os clamores partiam de duas moças totalmente nuas que corriam levemente nas bordas da pradaria, enquanto dois macacos as seguiam mordendo-lhes as nádegas. Cândido ficou tocado de piedade; tinha aprendido a atirar com os búlgaros e podia abater uma noz numa moita sem atingir as folhas. Ele pega seu fuzil espanhol de dois tiros, dispara e mata os dois macacos.

– Deus seja louvado, meu caro Cacambo! Livrei de um grande perigo essas duas pobres criaturas; se cometi um pecado ao matar um inquisidor e um jesuíta, acho que o reparei ao salvar a vida de duas moças. Talvez sejam senhoritas de condição, e essa aventura nos permita obter grandes vantagens neste país.

Ia continuar, mas sua língua ficou paralisada quando viu aquelas duas mocinhas abraçarem com ternura os dois macacos, derramarem-se em lágrimas sobre os corpos deles e encherem o ar dos gritos mais dolorosos.

– Eu não esperava tamanha bondade de alma – disse finalmente a Cacambo, o qual lhe replicou:

– Meu amo acaba de executar sua obra-prima; o senhor matou os dois amantes daquelas senhoritas.

– Seus amantes? Será possível? Você está zombando de mim, Cacambo; como acreditar nisso?

– Caro amo – retomou Cacambo –, o senhor sempre se espanta com tudo; por que acha tão estranho que em algum país haja macacos que obtêm as boas graças das senhoras? Eles são um quarto homens, como eu sou um quarto espanhol.

– Que coisa! – retomou Cândido. – Lembro-me de ter ouvido o mestre Pangloss dizer que antigamente acidentes semelhantes aconteciam, e que tais misturas produziram egipãs, faunos e sátiros, que várias grandes personagens da Antiguidade os tinham visto; mas eu achava que fossem fábulas.

– Deve estar convencido agora – disse Cacambo – de que é verdade, e o senhor vê como se servem disso as pessoas que não receberam uma certa educação; tudo o que temo é que essas senhoras nos aprontem alguma.

Essas sólidas reflexões levaram Cândido a abandonar a pradaria e a se internar no mato. Ali ceou com Cacambo. E os dois, depois de amaldiçoarem o inquisidor de Portugal, o governador de Buenos Aires e o barão, adormeceram sobre o musgo. Ao despertar, sentiram que não podiam mexer-se; a razão disso era que, durante a noite, os Orelhões, habitantes do país, a quem as duas senhoras os haviam denunciado, os tinham amarrado com cordas de casca de árvore. Estavam rodeados de uns cinquenta Orelhões, todos nus, armados de flechas, tacapes e machados de pedra. Alguns punham para ferver um grande caldeirão; outros preparavam espetos, e todos gritavam:

– É um jesuíta, é um jesuíta! Seremos vingados e comeremos bem; vamos comer jesuíta, vamos comer jesuíta!

– Eu bem lhe havia dito, meu caro amo – exclamou tristemente Cacambo –, que aquelas duas moças nos pregariam uma peça desagradável.

Cândido, avistando o caldeirão e os espetos, gritou:

– Certamente vamos ser assados ou cozidos. Ah! O que diria o mestre Pangloss se visse como a pura natureza é feita? Tudo está bem, sim, mas confesso que é bem cruel ter perdido a senhorita Cunegundes e ser posto num espeto por Orelhões.

Cacambo nunca perdia a cabeça.

– Não se desespere ainda – disse ao desolado Cândido –, entendo um pouco a língua dessa gente, vou falar com eles.

– Não se esqueça – disse Cândido – de mostrar a eles como é desumanamente horrível cozinhar dois homens, e quão pouco cristão isso é.

– Cavalheiros – disse Cacambo –, os senhores estão contando em comer um jesuíta hoje: muito bem; nada é mais justo do que tratar assim os inimigos. De fato, o direito natural nos ensina a matar nosso próximo, e é assim que se age em toda a terra. Se não usamos o direito de comê-lo, é porque temos em outras regiões como conseguir boa comida; mas os senhores não têm os mesmos recursos que nós; certamente, vale mais comer os inimigos do que abandonar aos corvos e às gralhas o fruto de sua vitória. Mas, cavalheiros, os senhores não iam querer comer seus amigos. Os senhores pensam que vão colocar um jesuíta no espeto, mas é o seu defensor, é o inimigo de seus inimigos que os senhores vão assar. Quanto a mim, eu nasci neste país; o senhor que estão vendo é o meu amo e, longe de ser um jesuíta, ele acaba de matar um e veste os seus despojos: eis a razão do mal-entendido. Para verificarem o que lhes digo, peguem sua batina, levem-na à primeira barreira do reino dos padres; informem-se se meu amo não matou um oficial jesuíta. Precisarão de pouco tempo; poderão ainda nos comer se descobrirem que lhes menti. Mas, se eu lhes tiver dito a verdade, os senhores conhecem bem demais os princípios do direito público, os costumes e as leis, para não nos concederem sua graça.

Os Orelhões acharam aquele discurso muito razoável; elegeram dois notáveis para irem em diligência informar-se da verdade; os dois deputados cumpriram sua missão como homens de espírito e retornaram logo para trazer as boas novas. Os Orelhões desamarraram seus dois prisioneiros, fizeram-lhes toda sorte de civilidades, ofereceram-lhes mulheres, deram-lhes refrescos e os reconduziram até os confins de seus Estados, gritando com alegria:

– Ele não é jesuíta, ele não é jesuíta!

Cândido não se cansava de admirar a causa de sua libertação.

– Que povo! – dizia ele. – Que homens! Se eu não tivesse tido a felicidade de dar um grande golpe de espada através do corpo do irmão da senhorita Cunegundes, teria sido comido sem remissão. Mas, depois de tudo, a pura natureza é boa, já que essa gente, em vez de me comer, me fez mil reverências, tão logo souberam que eu não era jesuíta.

Capítulo Décimo Sétimo

Chegada de Cândido e seu valete ao país de Eldorado, e o que ali viram.

Quando chegaram às fronteiras dos Orelhões:

– O senhor vê – disse Cacambo a Cândido – que este hemisfério não vale muito mais que o outro: vá por mim, retornemos à Europa o mais depressa possível.

– Como voltar para lá? – perguntou Cândido. – E aonde ir? Se for para o meu país, os búlgaros e os ávaros me degolam, como a todos; se volto para Portugal, sou queimado; se permanecermos neste país, corremos o risco a todo momento de ir para o espeto. Mas como decidir abandonar a parte do mundo que a senhorita Cunegundes habita?

– Dirijamo-nos a Caiena – disse Cacambo –, lá encontraremos franceses, que vão para toda parte do mundo; poderão nos ajudar. Talvez Deus tenha piedade de nós.

Não era fácil ir a Caiena: eles sabiam mais ou menos para que lado era preciso andar; mas montanhas, rios, precipícios, salteadores, selvagens eram por toda parte terríveis obstáculos. Seus cavalos morreram de cansaço; suas provisões foram consumidas; alimentaram-se um mês inteiro de frutos selvagens e se encontraram finalmente junto de um pequeno rio bordado de coqueiros, que sustentaram-lhes a vida e as esperanças.

Cacambo, que dava sempre conselhos tão bons quanto os da velha, disse a Cândido:

– Não podemos mais, já andamos bastante; estou vendo uma canoa vazia na margem, vamos enchê-la de cocos; lancemo-nos neste pequeno barco, deixemo-nos ir com a corrente; um rio leva sempre a algum lugar habitado. Se não encontrarmos coisas agradáveis, ao menos encontraremos coisas novas.

– Vamos – disse Cândido –, entreguemo-nos à Providência.

Navegaram algumas léguas entre bordas ora floridas, ora áridas, ora compactas, ora escarpadas. O rio se alargava sempre; finalmente, perdeu-se sob uma abóbada de rochedos assombrosos que se erguiam até o céu. Os dois viajantes tiveram a ousadia de se entregar à correnteza sob aquela abóbada. O rio, apertado naquele ponto, carregou-os com uma rapidez e um barulho horrível. Ao cabo de vinte e quatro horas voltaram a ver a luz do dia; mas sua canoa espedaçou-se contra os escolhos; foi preciso arrastar-se de rochedo em rochedo durante uma légua inteira; enfim, descobriram um horizonte imenso, bordado de montanhas inacessíveis. O país era cultivado pelo prazer como pela necessidade; por toda parte, o útil era agradável. Os caminhos estavam cobertos ou, antes, ornamentados de carros de uma forma e de uma matéria brilhante, levando homens e mulheres de uma beleza singular, puxados rapidamente por grandes carneiros[25] vermelhos, que ultrapassavam em velocidade os mais belos cavalos da Andaluzia, de Tetuan e de Mequinez.

– E no entanto – disse Cândido – cá está um país melhor do que a Vestfália.

Pôs pé em terra com Cacambo perto da primeira aldeia que encontrou. Algumas crianças da terra, cobertas de brocados de ouro rasgados, jogavam conca[26] na entrada do

---

[25] Voltaire certamente refere-se às lhamas, vicunhas, alpacas e guanacos, animais de transporte, típicos dos Andes peruanos.

[26] Espécie de jogo no qual se arremessam pedras para derrubar uma baliza.

burgo; nossos dois homens do outro mundo divertiram-se em observá-las: suas paletas eram peças redondas bem largas, amarelas, vermelhas, verdes, que lançavam um brilho singular. Deu nos viajantes vontade de apanhar algumas; era ouro, eram esmeraldas, rubis, dos quais o menor teria sido o maior ornamento do trono do Grão-Mogol.[27]

– Decerto – presumiu Cândido – estas crianças que estão jogando conca são os filhos do rei do país. O professor da aldeia apareceu naquele momento para fazê-los voltar à escola.

– Lá está – disse Cândido – o preceptor da família real.

Os pequenos mendigos logo abandonaram o jogo, deixando pelo chão as paletas e tudo o que servira a seu divertimento. Cândido as recolhe, corre ao preceptor e lhas apresenta humildemente, fazendo-o entender por sinais que Suas Altezas Reais tinham esquecido suas pedras preciosas. O mestre-escola, sorrindo, jogou-as ao chão, fitou um momento o rosto de Cândido com muita surpresa e continuou seu caminho.

Os viajantes não se furtaram a recolher o ouro, os rubis e as esmeraldas.

– Onde estamos? – exclamou Cândido. – Espero que os filhos dos reis deste país sejam bem-educados, já que lhes ensinam a desprezar o ouro e as pedras preciosas.

Cacambo estava tão surpreso quanto Cândido. Aproximaram-se, enfim, da primeira casa da aldeia: era construída como um palácio da Europa. Uma multidão de pessoas se comprimia na porta, e ainda mais dentro do imóvel. Uma música muito agradável fazia-se ouvir e um odor delicioso de cozinha fazia-se sentir. Cacambo aproximou-se da porta e percebeu que ali se falava peruano; era sua língua materna, pois todos sabem que Cacambo nascera em Tucumán, numa aldeia onde só se conhecia aquela língua.

– Eu lhe servirei de intérprete – disse ele a Cândido –, isso aqui é uma estalagem.

Logo dois rapazes e duas moças da hospedaria, vestidos com panos de ouro, e com cabelos presos por laços, os

[27] Título dos reis de uma dinastia que reinou na Índia de 1526 a 1857.

convidaram a tomar lugar à mesa. Serviram-se quatro sopas, guarnecidas, cada uma, de dois papagaios, um condor guisado que pesava duzentas libras, dois macacos assados de sabor excelente, trezentos colibris num prato e seiscentos beija-flores em outro; pratos requintados, massas deliciosas; tudo isso em pratos de uma espécie de cristal de rocha. Os rapazes e moças da hospedaria despejavam vários licores feitos de cana-de-açúcar.

Os comensais eram, em sua maioria, mercadores e carregadores, todos de uma polidez extrema, que fizeram algumas perguntas a Cacambo com a mais circunspecta discrição e responderam às dele de maneira a satisfazê-lo.

Quando a refeição terminou, Cacambo, assim como Cândido, achou que podia pagar sua despesa jogando sobre a mesa duas daquelas grandes peças de ouro que haviam recolhido; o estalajadeiro e a mulher irromperam em gargalhadas e, por algum tempo, seguraram os flancos. Finalmente se recompuseram:

– Senhores – disse o estalajadeiro –, vemos logo que são estrangeiros; não estamos acostumados a ver forasteiros. Perdoem-nos se nos pusemos a rir quando os senhores nos ofereceram em pagamento os pedregulhos das nossas estradas. Decerto os senhores não têm dinheiro do nosso, mas não precisam dele para comer aqui. Todas as hospedarias, estabelecidas para a comodidade do comércio, são pagas pelo governo. Os senhores comeram mal aqui, porque somos uma pobre aldeia; mas em qualquer outro lugar serão recebidos como merecem.

Cacambo explicava a Cândido todas as falas do estalajadeiro, e Cândido as escutava com a mesma admiração e o mesmo espanto com que seu amigo Cacambo as traduzia.

– Que país é este? – diziam-se eles um ao outro. – Desconhecido de todo o resto do mundo e onde a natureza é de uma espécie tão diferente da nossa? É provavelmente o país onde tudo vai bem; pois é absolutamente necessário que exista um desta espécie. E, apesar do que dizia mestre Pangloss, várias vezes percebi que tudo ia mal na Vestfália.

Capítulo Décimo Oitavo

O que eles viram no país de Eldorado.

Cacambo testemunhou ao estalajadeiro toda a sua curiosidade; o homem lhe disse:

– Sou muito ignorante e não me queixo; mas temos aqui um ancião aposentado da Corte, que é o homem mais sábio do reino e o mais comunicativo.

Imediatamente, ele leva Cacambo à casa do velho. Cândido não desempenhava mais do que um papel secundário e acompanhava seu valete. Entraram numa casa muito simples, pois a porta era apenas de prata, e os lambris dos aposentos eram só de ouro, mas trabalhados com tanto gosto que os mais ricos lambris não os ofuscavam. A antecâmara na verdade era incrustada só de rubis e esmeraldas; mas a ordem na qual tudo estava arrumado perdoava toda aquela extrema simplicidade.

O velho recebeu os dois estrangeiros num sofá estofado com penas de colibri e mandou-lhes servir licores em vasos de diamante. Depois disso, satisfez a curiosidade deles nestes termos:

– Tenho cento e setenta e dois anos e tomei ciência por meu falecido pai, escudeiro do rei, das espantosas revoluções do Peru de que ele fora testemunha. O reino em que estamos é a antiga pátria dos incas, que dela saíram muito imprudentemente para irem subjugar uma parte do mundo, até serem finalmente destruídos pelos espanhóis. Os príncipes da família real que ficaram em sua terra natal foram mais prudentes. Ordenaram, com o consentimento da nação, que nenhum habitante jamais sairia do nosso pequeno reino; e é o que tem preservado nossa inocência e felicidade. Os espanhóis tiveram uma consciência confusa deste país, a que chamaram Eldorado, e um inglês, o cavaleiro Raleigh, chegou mesmo a aproximar-se há cem anos; mas, como estamos rodeados de rochedos inabordáveis e de precipícios, temos estado sempre, até o presente, ao abrigo da rapacidade das nações da Europa, que têm um furor inconcebível pelos pedregulhos e pela lama da nossa terra e que, para obtê-los, nos matariam até o último.

A conversa foi longa; desdobrou-se sobre a forma de governo, os costumes, as mulheres, os espetáculos públicos, as artes. Enfim, Cândido, que sempre tinha gosto pela metafísica, fez Cacambo perguntar se no país havia uma religião.

O velho corou um pouco.

– Como é possível – disse ele – que o senhor duvide disso? Será que nos toma por ingratos?

Cacambo perguntou humildemente qual era a religião de Eldorado. O velho corou novamente.

– Será que pode haver duas religiões? – disse ele. – Nós temos, creio eu, a religião de todo o mundo: adoramos a Deus dia e noite.

– Adoram somente a um único Deus? – perguntou Cacambo, que servia sempre de intérprete às dúvidas de Cândido.

– Ao que parece – disse o velho – não há nem dois, nem três, nem quatro deuses. Confesso que as pessoas do mundo dos senhores fazem perguntas bem singulares. Cândido não se cansava de mandar interrogar aquele bom ancião; quis saber como se suplicava a Deus em Eldorado.

– Nós não Lhe suplicamos nada – disse o bom e respeitável sábio –, nada temos a pedir a Ele; Ele já nos deu tudo de que precisamos; nós Lhe rendemos graças incessantemente.

Cândido teve a curiosidade de ver alguns sacerdotes; mandou perguntar onde estavam. O bom velho sorriu.

– Meus amigos – disse ele –, todos nós somos sacerdotes; o rei e todos os chefes de família entoam cânticos de ação de graças solenemente, todas as manhãs; e cinco ou seis mil músicos os acompanham.

– O quê? Vocês não têm monges que ensinam, disputam, governam, conspiram e mandam queimar as pessoas que não têm a mesma opinião deles?

– Só se fôssemos loucos – disse o velho –, aqui somos todos da mesma opinião, e não entendemos o que o senhor quer dizer com "monges".

Cândido, ante todo aquele discurso, permanecia em êxtase e dizia a si mesmo: "Aqui é bem diferente da Vestfália e do castelo do senhor barão: se nosso amigo Pangloss tivesse visto Eldorado, não teria mais dito que o castelo de Thunder-ten-tronckh era o que havia de melhor na Terra; de fato, é preciso viajar".

Após aquela longa conversa, o bom velho mandou atrelar seis carneiros a uma carruagem e deu doze de seus domésticos aos dois viajantes para conduzi-los à Corte:

– Perdoem-me – disse-lhes – se minha idade me priva da honra de acompanhá-los. O rei os receberá de uma maneira que não os descontentará, e os senhores perdoarão decerto os usos do país se houver algum que lhes desagrade.

Cândido e Cacambo montam na carruagem; os seis carneiros voam, e em menos de quatro horas chegam ao palácio do rei, situado num extremo da capital. O portal tinha duzentos e vinte pés de altura e cem de largura; é impossível exprimir a matéria de que era feito. Vê-se bem que superioridade prodigiosa ela devia ter sobre esses pedregulhos e essa areia a que chamamos *ouro* e *pedrarias*.

Vinte belas moças da guarda receberam Cândido e Cacambo à descida da carruagem, conduziram-nos aos banhos, vestiram-nos com roupas de um tecido de penas de colibri; em seguida, os grandes oficiais e as grandes representantes da Coroa levaram-nos aos aposentos de Sua Majestade, em meio a duas filas de mil músicos cada, segundo o uso ordinário. Quando se aproximaram da sala do trono, Cacambo perguntou a um grande oficial como deviam fazer para saudar Sua Majestade; se se jogavam de joelhos ou se prostravam por terra; se colocavam as mãos na cabeça ou no traseiro; se lambiam a poeira da sala; numa palavra, qual era o cerimonial.

– O uso – disse o grande oficial – é abraçar o rei e beijá-lo nas duas faces.

Cândido e Cacambo saltaram ao pescoço de Sua Majestade, que os recebeu com toda a graça imaginável e os convidou educadamente para a ceia.

Enquanto esperavam dar a hora, fizeram-nos ver a cidade, os edifícios públicos erguidos até as nuvens, os mercados ornados de mil colunas, as fontes de água pura, as fontes de água rósea, as de licores de cana-de-açúcar, que jorravam continuamente em grandes praças, pavimentadas com uma espécie de pedraria que emanava um odor semelhante ao do cravo e da canela. Cândido pediu para ver a Corte de justiça e o parlamento; informaram-no de que não existiam ali, e que ninguém jamais pleiteava nada. Quis saber se havia prisões, e responderam que não. O que mais o surpreendeu e mais prazer lhe deu foi o palácio das ciências, no qual viu uma galeria de dois mil passos, repleta de instrumentos de matemática e de física.

Após terem percorrido, logo depois do jantar, mais ou menos uma milésima parte da cidade, levaram-nos de volta ao rei. Cândido se pôs à mesa junto a Sua Majestade, seu valete Cacambo e várias senhoras. Nunca se comeu tão bem, e nunca ninguém teve tanto espírito ao cear quanto teve Sua Majestade. Cacambo explicava as boas falas do rei a Cândido e, embora traduzidas, pareciam-lhe sempre boas falas. De tudo o que surpreendeu Cândido, não foi isso o que menos o surpreendeu.

Passaram um mês ali. Cândido não parava de dizer a Cacambo:

– É verdade, meu amigo, mais uma vez, que o castelo onde nasci não chega aos pés do país onde estamos; mas, enfim, a senhorita Cunegundes não está aqui, e você decerto tem alguma amante na Europa. Se ficarmos aqui, seremos apenas como os outros; ao passo que, se voltarmos ao nosso mundo com apenas doze carneiros carregados de pedregulhos de Eldorado, seremos mais ricos que todos os reis juntos, não teremos mais inquisidores a temer e poderemos comodamente recuperar a senhorita Cunegundes.

Esse discurso agradou a Cacambo: gosta-se tanto de correr, de se fazer valer entre os seus, de ostentar o que se viu nas viagens, que os dois felizardos resolveram deixar de sê-lo e se despedir de Sua Majestade.

– Os senhores estão fazendo uma tolice – disse-lhes o rei. – Sei bem que meu país é pouca coisa; mas, quando se está razoavelmente bem em algum lugar, é preciso ficar; seguramente, não tenho o direito de reter os estrangeiros; é uma tirania que não está nem nos modos, nem nas leis: todos os homens são livres; partam quando quiserem, mas a saída é bem difícil. É impossível subir pelo rio, pelo qual chegaram por milagre e que corre sob abóbadas de rochedos. As montanhas que rodeiam todo o meu reino têm dez mil pés de altura e são retas como muralhas; ocupam, em largura, um espaço de mais de dez léguas; só se pode descer por elas em precipícios. No entanto, já que desejam tão resolutamente partir, darei ordens aos intendentes das máquinas que façam uma que possa transportar comodamente os senhores. Quando os senhores tiverem sido conduzidos ao outro lado das montanhas, ninguém os poderá acompanhar; pois meus súditos fizeram voto de nunca sair de nossas fronteiras e são prudentes demais para quebrar o voto. Por outro lado, peçam-me tudo o que quiserem.

– Tudo o que pedimos a Vossa Majestade – disse Cacambo – são alguns carneiros carregados de víveres, de pedregulhos e da lama do país.

O rei riu.

– Não consigo entender – disse ele – o gosto que as pessoas da Europa têm pela nossa lama amarela; mas levem tanto quanto quiserem dela, e que lhes faça bem.

Deu ordem imediata a seus engenheiros para construírem uma máquina que guindasse aqueles dois homens extraordinários para fora do reino. Três mil bons físicos trabalharam nela; ficou pronta ao cabo de quinze dias, e não custou mais que vinte milhões de libras esterlinas, moeda do país. Puseram Cândido e Cacambo na máquina; havia dois grandes carneiros vermelhos com selas e arreios para lhes servir de montaria quando tivessem ultrapassado as montanhas, vinte carneiros de carga providos de víveres, trinta que levavam presentes daquilo que o país tinha de mais curioso e cinquenta carregados de ouro, pedras preciosas e diamantes. O rei abraçou ternamente os dois andarilhos.

Sua partida foi um belo espetáculo, assim como a maneira engenhosa como foram içados, eles e seus carneiros, ao alto das montanhas. Os físicos se despediram deles após os terem posto em segurança, e Cândido não teve outro desejo nem outro objetivo senão ir apresentar seus carneiros à senhorita Cunegundes.

– Temos com que pagar o governador de Buenos Aires, se é que a senhorita Cunegundes pode ter um preço. Vamos para Caiena, embarquemos e veremos em seguida o reino que poderemos comprar.

Capítulo Décimo Nono

Do que lhes aconteceu no Suriname,
e de como Cândido conheceu Martinho.

O primeiro dia de nossos dois viajantes foi bastante agradável. Iam estimulados pela ideia de se verem possuidores de mais tesouros do que a Ásia, a Europa e a África tinham juntas. Cândido, enlevado, escreveu o nome de Cunegundes nas árvores. No segundo dia, dois de seus carneiros atolaram-se em pântanos e afundaram com suas cargas; dois outros carneiros morreram de cansaço alguns dias depois; sete ou oito pereceram em seguida de fome num deserto; outros, ao cabo de alguns dias, caíram em despenhadeiros. Enfim, após cem dias de marcha, só lhes restavam dois carneiros. Cândido disse a Cacambo:

– Meu amigo, veja como as riquezas deste mundo são perecíveis; não há nada de sólido a não ser a virtude e a felicidade de rever a senhorita Cunegundes.

– Reconheço – disse Cacambo –, mas ainda nos restam dois carneiros com mais tesouros do que o rei da Espanha jamais terá, e vejo ao longe uma cidade que suspeito ser Suriname, pertencente aos holandeses. Estamos no fim de nossos sofrimentos e no começo de nossa felicidade.

Aproximando-se da cidade, encontraram um negro estendido por terra, que tinha apenas a metade de suas roupas, isto é, um calção de lona azul; faltavam àquele pobre homem a perna esquerda e a mão direita.

– Oh, Deus! – disse-lhe Cândido em holandês. – Que faz você aí, meu amigo, no terrível estado em que o vejo?

– Espero o meu amo, o senhor Vanderdendur, o famoso negociante – respondeu o negro.

– Foi o senhor Vanderdendur que o tratou assim? – perguntou Cândido.

– Sim, senhor – disse o negro –, é o costume. Dão-nos um calção de lona como única vestimenta duas vezes por ano. Quando trabalhamos nos engenhos de açúcar e a mó nos prende um dedo, cortam-nos a mão; quando queremos fugir, cortam-nos a perna: achei-me nos dois casos. É a este preço que os senhores comem açúcar na Europa. No entanto, quando minha mãe me vendeu por dez escudos patagões na costa da Guiné, ela disse-me: "Meu caro filho, bendiz nossos fetiches, adora-os sempre, eles te farão viver feliz; tens a honra de seres escravo de nossos senhores brancos, e com isso fazes a fortuna do teu pai e da tua mãe". Ai de mim! Não sei se fiz a fortuna deles, mas eles não fizeram a minha. Os cães, os macacos e os papagaios são mil vezes menos infelizes que nós. Os fetiches holandeses que me converteram dizem-me todos os domingos que somos todos filhos de Adão, brancos e negros. Não sou genealogista; mas, se esses pregadores dizem a verdade, somos todos primos nascidos de irmãos. Ora, os senhores reconhecerão que não se pode tratar os parentes de maneira mais horrível.

– Ó Pangloss! – exclamou Cândido. – O senhor não tinha adivinhado essa abominação; acabou, é preciso que finalmente eu desista do seu otimismo.

– O que é otimismo? – perguntou Cacambo.

– Ai – disse Cândido –, é a tara de afirmar que tudo está bem quando está mal.

E derramava lágrimas olhando para o negro e, aos prantos, entrou em Suriname.

A primeira coisa de que se informam é se não há no porto nenhum navio que se possa mandar a Buenos Aires. Aquele a quem se dirigiram era justamente um patrão espanhol, que se propôs a fazer com eles um trato honesto. Marcou encontro com eles numa estalagem. Cândido e o fiel Cacambo foram esperá-lo lá com seus dois carneiros.

Cândido, que falava de coração aberto, contou ao espanhol todas as suas aventuras e confessou-lhe que queria raptar a senhorita Cunegundes.

– Eu é que não vou levá-lo a Buenos Aires – disse o patrão –, eu seria enforcado, e o senhor também. A bela Cunegundes é a amante predileta de monsenhor.

A declaração do espanhol caiu como um raio sobre Cândido, que chorou por um bom tempo; em seguida, chamou Cacambo a um canto:

– Aqui está, caro amigo, o que você deve fazer. Cada um de nós tem nos bolsos cinco ou seis milhões em diamantes; você é mais hábil que eu; vá pegar a senhorita Cunegundes em Buenos Aires. Se o governador mostrar alguma dificuldade, dê-lhe um milhão; se não se render, dê-lhe dois milhões; você não matou nenhum inquisidor, ninguém desconfiará de você. Eu equiparei outro navio; vou esperar vocês em Veneza: é um país livre onde não há o que temer de búlgaros, ávaros, judeus, nem de inquisidores.

Cacambo aplaudiu aquela sábia resolução. Estava desesperado por ter de separar-se de um bom amo, que se tornara seu amigo íntimo; mas o prazer de ser-lhe útil venceu a dor de abandoná-lo. Abraçaram-se, derramando lágrimas. Cândido recomendou-lhe não esquecer a boa velha. Cacambo partiu no mesmo dia; era um homem boníssimo.

Cândido ficou ainda em Suriname por algum tempo e esperou que outro patrão de barco quisesse levá-lo à Itália, ele e os dois carneiros que lhe restavam. Recrutou serviçais e comprou tudo o que era necessário para uma longa viagem. Finalmente, o senhor Vanderdendur, mestre de um grande navio, veio apresentar-se a ele.

– Quanto o senhor quer – perguntou Cândido àquele homem – para me levar diretamente a Veneza, a mim, meus empregados, minha bagagem e os dois carneiros ali?

O patrão pediu dez mil piastras. Cândido não hesitou.

"Oh! Oh!", pensou consigo o prudente Vanderdendur, "esse estrangeiro dá dez mil piastras sem pechinchar! Deve ser muito rico!" Em seguida, voltando um pouco depois, fez saber que não podia partir por menos de vinte mil.

– Não por isso, o senhor as terá – disse Cândido.

– Uau! – disse baixinho o comerciante. – Esse homem dá vinte mil piastras tão facilmente quanto dez mil.

Voltou de novo e disse que não podia conduzir Cândido a Veneza por menos de trinta mil piastras.

– Então o senhor terá trinta mil – respondeu Cândido.

– Oh! Oh! – voltou a dizer o comerciante holandês para si mesmo. – Trinta mil piastras não custam nada a esse homem; decerto os dois carneiros levam tesouros imensos; não vamos insistir: recebamos primeiro as trinta mil piastras e depois veremos.

Cândido vendeu dois pequenos diamantes, dos quais o menor valia mais que o dinheiro pedido pelo patrão. Pagou-o antecipadamente. Os dois carneiros foram embarcados. Cândido segue num barquinho para se juntar ao navio no ancoradouro. O patrão não perde tempo, iça as velas, desamarra; o vento o favorece. Cândido, aturdido e estupefato, logo o perde de vista.

– Que azar! – grita ele. – Eis um lance digno do velho mundo.

Volta ao cais, abismado na dor; pois, enfim, tinha perdido algo que faria a fortuna de vinte monarcas.

Transporta-se à casa do juiz holandês; e, como estava um pouco perturbado, bate rudemente à porta; entra, expõe sua aventura e grita um pouco mais alto que o conveniente. O juiz começou fazendo-o pagar dez mil piastras pelo barulho. Em seguida, escutou-o pacientemente, prometeu-lhe examinar o caso tão logo o comerciante voltasse e cobrou dez mil outras piastras pelos encargos da audiência.

Aquele procedimento acabou de desesperar Cândido; de fato, ele já passara por infortúnios mil vezes mais dolorosos; mas o sangue frio do juiz e do patrão que o roubara inflamou-lhe a bile e mergulhou-o numa negra melancolia. A maldade dos homens se apresentava a seu espírito em toda a sua feiura; só se alimentava de ideias tristes. Enfim, estando um barco francês a ponto de partir para Bordéus, e como não havia mais carneiros carregados de diamantes para embarcar, Cândido alugou um camarote do navio ao preço justo e fez saber na cidade que pagaria a passagem, a comida e daria dez mil piastras a um homem honesto que quisesse fazer a viagem com ele, com a condição de que esse homem fosse o mais desgostoso de sua situação e o mais infeliz da província.

Apresentou-se uma multidão de pretendentes que toda uma frota não poderia abarcar. Cândido, querendo escolher pela aparência, distinguiu umas vinte pessoas que lhe pareciam bastante sociáveis e que afirmavam merecer sua preferência. Reuniu-as em sua hospedaria e ofereceu-lhes a ceia, desde que cada uma jurasse contar fielmente sua história, prometendo escolher aquele que lhe parecesse o mais digno de pena e o mais descontente, por justa causa, com sua condição, além de dar aos demais alguma gratificação.

A sessão durou até as quatro horas da manhã. Cândido, escutando todas aquelas aventuras, relembrava o que lhe dissera a velha a caminho de Buenos Aires e do desafio que ela fizera de que não havia ninguém no barco a quem não tivessem ocorrido grandes desgraças. Pensava em Pangloss a cada aventura que lhe contavam.

– Aquele Pangloss – dizia ele – ficaria bastante embaraçado em demonstrar seu sistema. Gostaria que estivesse aqui. Certamente, se tudo vai bem, é em Eldorado, e não no resto do mundo.

Enfim, decidiu a favor de um pobre sábio que havia trabalhado dez anos para os livreiros de Amsterdã. Achou que não havia nenhum outro ofício no mundo do qual alguém pudesse estar mais desgostoso.

Aquele sábio, que aliás era um homem bom, tinha sido roubado pela mulher, maltratado pelo filho e abandonado pela filha, que se fizera sequestrar por um português. Acabava de perder um pequeno emprego com o qual subsistia; e os pregadores de Suriname o perseguiam porque o tomavam por sociniano.[28] É preciso confessar que os outros eram no mínimo tão infelizes quanto ele; mas Cândido esperava que o sábio o livrasse do tédio durante a viagem. Todos os seus rivais acharam que Cândido lhes fazia grande injustiça; mas ele os tranquilizou, dando a cada um cem piastras.

[28] Os socinianos não acreditavam na Trindade nem nas penas eternas e professavam um grande otimismo pelas coisas do mundo.

Capítulo Vigésimo

Do que aconteceu no mar a Cândido e a Martinho.

O velho sábio, que se chamava Martinho, embarcou pois para Bordéus com Cândido. Ambos tinham visto muita coisa e sofrido muito; e quando o barco fizesse vela de Suriname ao Japão pelo cabo da Boa Esperança, teriam com o que se entreter do mal moral e do mal físico durante toda a viagem.

Entretanto, Cândido tinha uma grande vantagem sobre Martinho. É que ele ainda esperava rever a senhorita Cunegundes, e Martinho nada tinha a esperar; ademais, tinha ouro e diamantes e, embora tivesse perdido cem grandes carneiros vermelhos carregados dos maiores tesouros da Terra, embora ainda trouxesse no coração a patifaria do patrão holandês, mesmo assim, quando pensava no que lhe restava nos bolsos e quando falava de Cunegundes, sobretudo no final das refeições, ele pendia então para o sistema de Pangloss.

– E o senhor, Martinho – disse ele ao sábio –, o que pensa de tudo isso? Qual a sua ideia sobre o mal moral e o mal físico?

– Meu senhor – respondeu Martinho –, meus padres me acusaram de ser sociniano; mas, na verdade dos fatos, eu sou maniqueísta.

– Está zombando de mim – disse Cândido –, não há mais maniqueístas no mundo.

– Há, eu – disse Martinho –, não sei o que fazer disso, mas não posso pensar de outra maneira.

– É preciso ter o diabo no corpo – disse Cândido.

– Ele se mete de tal maneira nas coisas deste mundo – disse Martinho –, que bem poderia estar no meu corpo, como em todos os lugares; mas lhe confesso que, deitando a vista sobre este globo, ou antes, este glóbulo, penso que Deus o abandonou a algum ser malfeitor; excetuo sempre Eldorado. Nunca vi uma cidade que não desejasse a ruína da cidade vizinha, nenhuma família que não quisesse exterminar alguma outra família. Por toda parte os fracos execram os poderosos diante dos quais se arrastam, e os poderosos os tratam como gado, cujo couro e carne a gente vende. Um milhão de assassinos arregimentados, correndo de uma ponta a outra da Europa, exercem o assassinato e o banditismo com disciplina para ganhar seu pão, porque não existe profissão mais honesta; e nas cidades que parecem gozar de paz e onde as artes florescem, os homens são devorados por mais inveja, angústia e inquietação do que os flagelos que castigam uma cidade sitiada. As mágoas secretas são ainda mais cruéis que as misérias públicas. Numa palavra, tanto já vi e sofri que sou maniqueísta.

– Mas o bem existe – replicava Cândido.

– Pode ser – dizia Martinho –, mas não o conheço.

No meio daquela disputa, ouve-se um barulho de canhão. O barulho repete-se a intervalos. Cada um pega sua luneta. Avistam-se dois navios que combatem a uma distância aproximada de três milhas; o vento os trouxe para tão perto do barco francês, que se pôde ter o prazer de ver o combate comodamente. Finalmente, um dos dois navios desferiu no outro um golpe tão baixo e certeiro que o fez afundar na hora. Cândido e Martinho viram distintamente uma centena de homens no tombadilho do barco que afundava; todos levantavam as mãos para o céu e lançavam clamores horríveis; em um momento tudo foi engolido.

– Pois bem! – disse Martinho. – Aí está como os homens se tratam uns aos outros.

– É verdade – disse Cândido –, há alguma coisa de diabólico nesse negócio.

Assim falando, ele avistou não sei o quê de um vermelho cintilante que nadava junto de seu navio. Desceu-se o bote para ver o que podia ser: era um dos seus carneiros. Cândido teve mais alegria em recuperar aquele carneiro do que a aflição que experimentou ao perder cem outros carregados dos grandes diamantes de Eldorado.

O capitão francês logo percebeu que o capitão do barco atacante era espanhol, e que o do barco submergido era um pirata holandês; era aquele mesmo que tinha roubado Cândido. As imensas riquezas de que aquele celerado se apoderara foram sepultadas com ele no mar, e só houve um carneiro de sobrevivente.

– O senhor vê – disse Cândido a Martinho – que o crime às vezes é punido; aquele patrão holandês trapaceiro teve a sorte que merecia.

– Sim – disse Martinho –, mas era preciso que os passageiros de seu barco também morressem? Deus puniu aquele patife, o diabo afogou os outros.

Entretanto, o barco francês e o espanhol continuaram sua rota, e Cândido prosseguiu suas conversações com Martinho. Debateram sem parar durante quinze dias, ao cabo dos quais tinham feito tanto progresso quanto no primeiro. Mas, enfim, falavam, trocavam ideias, consolavam-se. Cândido acariciava seu carneiro.

– Já que o recuperei – disse ele –, também poderei recuperar Cunegundes.

Capítulo Vigésimo Primeiro

Cândido e Martinho aproximam-se da costa francesa e raciocinam.

Finalmente, avistaram-se as costas da França.

– O senhor já esteve na França, senhor Martinho? – perguntou Cândido.

– Sim – respondeu Martinho –, percorri várias províncias. Há umas onde a metade dos habitantes é louca, algumas onde são espertos demais, outras onde são normalmente bastante meigos e imbecis, outras onde se fingem de espirituosos; e em todas, a principal ocupação é o amor, a segunda, a maledicência, e a terceira, dizer bobagens.

– Mas, senhor Martinho, esteve em Paris?

– Sim, estive; lá existem de todos aqueles tipos; é um caos, uma agitação na qual todos buscam o prazer, e onde quase ninguém o encontra, ao menos pelo que percebi. Fiquei pouco por lá; ao chegar, fui roubado de tudo o que tinha por gatunos, na feira de Saint-Germain; tomaram-me por ladrão e passei oito dias na cadeia; depois disso, fiz-me corretor de gráfica para ganhar com o que voltar para a Holanda. Conheci a canalha escritora, a canalha conspiradora, a canalha revolucionária. Dizem que há pessoas muito educadas naquela cidade; quisera acreditar.

– Quanto a mim – disse Cândido –, não tenho a mínima vontade de ver a França; o senhor adivinha facilmente que, quando alguém passou um mês em Eldorado, não cuida de mais nada a não ser rever a senhorita Cunegundes; vou esperá-la em Veneza; atravessaremos a França para ir à Itália; o senhor me acompanhará?

– De bom grado – disse Martinho –, dizem que Veneza só é boa para os nobres venezianos, mas que ainda assim os estrangeiros são bem-recebidos lá, quando têm muito dinheiro; eu não tenho, o senhor tem, eu o seguirei aonde for.

– A propósito – disse Cândido –, o senhor acredita que a Terra tenha sido originalmente um mar, como se afirma naquele livro grosso que pertence ao capitão do navio?

– Não acredito de jeito nenhum – respondeu Martinho –, assim como não acredito em todos os delírios que despejam sobre nós há algum tempo.

– Mas com que fim então este mundo foi criado? – pergunta Cândido.

– Para nos dar raiva – responde Martinho.

– O senhor não fica espantado – continuou Cândido – com o amor que aquelas duas moças do país dos Orelhões tinham por aqueles dois macacos e cuja aventura lhe contei?

– De jeito nenhum – disse Martinho –, não vejo em que essa paixão possa ser estranha; já vi tantas coisas extraordinárias que não há mais nada de extraordinário.

– O senhor crê – disse Cândido – que os homens sempre tenham se massacrado, como fazem hoje? Que sempre tenham sido mentirosos, velhacos, pérfidos, ingratos, bandidos, fracos, levianos, invejosos, gulosos, beberrões, avarentos, ambiciosos, sanguinários, caluniadores, debochados, fanáticos, hipócritas e tolos?

– O senhor crê – replicou Martinho – que os falcões sempre tenham comido os pombos ao encontrá-los?

– Sim, decerto – disse Cândido.

– Pois então! – disse Martinho. – Se os falcões sempre tiveram o mesmo caráter, por que o senhor quer que os homens tenham mudado o deles?

– Oh! – disse Cândido. – Há muita diferença, pois o livre-arbítrio...

Assim raciocinando, chegaram a Bordéus.

Capítulo Vigésimo Segundo

Do que aconteceu na França a Cândido e a Martinho.

Cândido não se deteve em Bordéus, senão o tempo necessário para vender alguns pedregulhos de Eldorado e adquirir uma boa carruagem de dois lugares, pois não podia mais abrir mão de seu filósofo Martinho. Só ficou desgostoso por ter de separar-se de seu carneiro, deixado para a Academia de Ciências de Bordéus, que propôs como tema do prêmio daquele ano que se descobrisse por que a lã daquele carneiro era vermelha. E o prêmio foi atribuído a um sábio do Norte, que demonstrou, por A mais B, menos C, dividido por Z, que o carneiro devia ser vermelho e morrer da morrinha.

Enquanto isso, todos os viajantes que Cândido encontrou nos albergues da estrada lhe diziam:

– Vamos a Paris.

Aquela movimentação geral finalmente lhe trouxe a vontade de ver aquela capital; não era um desvio muito grande do caminho de Veneza.

Entrou pelo subúrbio de Saint-Marceau e achou que estava na aldeia mais nojenta da Vestfália.

Mal se instalou em sua hospedaria, e foi acometido por uma doença ligeira causada pelo cansaço. Como tinha no dedo um diamante enorme, e perceberam em sua bagagem uma caixa prodigiosamente pesada, logo ele teve junto de si dois médicos que não havia chamado, alguns amigos íntimos que não o abandonavam e dois devotos que mandavam aquecer suas sopas. Martinho dizia:

– Lembro-me de também ter ficado doente em Paris na minha primeira viagem; eu era paupérrimo, por isso não tive amigos, nem devotos, nem médicos, e curei-me.

Entretanto, à custa de remédios e sangrias, a doença de Cândido tornou-se séria. Um frequentador do bairro veio com candura pedir-lhe um cheque pagável ao portador para o outro mundo;[29] Cândido não quis saber da coisa. Os devotos lhe asseguraram que era uma nova moda; Cândido respondeu que não era homem dado a modas. Martinho quis jogar o homem pela janela, que jurou que Cândido não seria enterrado. Martinho jurou que enterraria o homem se continuasse a importuná-los. A disputa ficou quente; Martinho agarrou-o pelos ombros e o expulsou rudemente, o que causou um grande escândalo, do qual se fez uma autuação.

Cândido ficou curado e durante sua convalescença teve excelente companhia para o jantar. Jogava-se alto. Cândido ficava espantadíssimo porque os ases nunca lhe chegavam, e Martinho não se espantava nada.

Entre aqueles que lhe faziam as honras da cidade, havia um padre do Périgord, uma dessas pessoas solícitas, sempre alertas, sempre servis, descaradas, afáveis, complacentes, que espiam os estrangeiros quando passam, contam-lhes a história escandalosa da cidade e lhes oferecem prazeres a todo preço. Aquele começou levando Cândido e Martinho ao teatro. Representava-se uma tragédia nova. Cândido viu-se colocado junto a alguns belos espíritos. Isso não o impediu de chorar em cenas representadas com perfeição. Um dos pensadores que estavam ao seu lado lhe disse num entreato:

---

[29] Resolveu-se, em 1750, exigir dos moribundos bilhetes de confissão: esses bilhetes deviam ter a assinatura de um padre que concordasse com a última bula papal; sem isso, o moribundo não podia receber a extrema-unção...

– O senhor faz muito mal em chorar: esta atriz é muito ruim; o ator que representa com ela é ainda pior; a peça consegue ainda ser muito pior que os atores; o autor não sabe uma palavra de árabe, e no entanto o cenário é a Arábia; e ademais é um homem que não crê nas ideias inatas: vou-lhe trazer amanhã vinte volumes contra ele.

– Meu senhor, quantas peças de teatro os senhores têm na França? – perguntou Cândido ao padre, que lhe respondeu:

– Cinco ou seis mil.

– É muito – disse Cândido –, quantas dessas são boas?

– Quinze ou dezesseis – replicou o outro.

– É muito – disse Martinho.

Cândido agradou-se muito de uma atriz que fazia a rainha Isabel, numa tragédia bastante aborrecida que de vez em quando é encenada.

– Esta atriz – disse ele a Martinho – agrada-me muito. Ela tem algo que lembra a senhorita Cunegundes, gostaria muito de cumprimentá-la.

O padre perigordino ofereceu-se para apresentá-lo a ela. Cândido, criado na Alemanha, perguntou qual era a etiqueta e como eram tratadas, na França, as rainhas da Inglaterra.

– É preciso distinguir – disse o padre. – No interior, a gente as leva ao cabaré; em Paris, são respeitadas quando são belas e são atiradas ao monturo quando morrem.

– Rainhas no monturo! – disse Cândido.

– Sim, de fato – comentou Martinho –, o senhor padre tem razão: eu estava em Paris quando a senhorita Monime passou, como se diz, desta vida para a outra; foi-lhe recusado o que as pessoas daqui chamam *as honras da sepultura*, isto é, apodrecer com todos os mendigos do bairro num cemitério nojento; ela foi enterrada sozinha de tudo na esquina da rua de Borgonha, o que deve ter-lhe doído muito, pois ela tinha pensamentos muito nobres.

– Isso é muito descortês – disse Cândido.

– O que o senhor quer? – disse Martinho. – As pessoas daqui são desse jeito. Imagine todas as contradições, todas as incompatibilidades possíveis, e o senhor as verá no governo, nos tribunais, nas igrejas, nos espetáculos dessa nação esquisita.

– É verdade que em Paris sempre se ri? – perguntou Cândido.

– Sim – disse o padre –, mas de raiva, pois aqui todos se queixam de tudo com grandes gargalhadas; inclusive, fazem, sorrindo, as ações mais detestáveis.

– Quem é – perguntou Cândido – aquele grande porco que me falava tão mal da peça em que chorei tanto e dos atores que tanto me agradaram?

– É um infeliz – respondeu o padre –, que ganha a vida a falar mal de todas as peças e de todos os livros; ele odeia qualquer um que tenha sucesso, tal como os castrados odeiam os que gozam: é uma dessas cobras da literatura que se alimentam de lama e de veneno; é um foliculário.

– O que o senhor chama um foliculário? – quis saber Cândido.

– É um fazedor de folhas, um Fréron[30] – respondeu o padre.

Era assim que Cândido, Martinho e o padre raciocinavam na escada, vendo desfilar as pessoas que saíam da peça.

– Embora eu tenha muita pressa de rever a senhorita Cunegundes – disse Cândido –, gostaria de jantar com a senhorita Clairon, pois me pareceu admirável.

O padre não era homem que se aproximasse da senhorita Clairon, que só andava em boa companhia.

– Ela tem compromisso para esta noite – disse ele –, mas terei a honra de levá-lo à casa de uma dama de qualidade, e lá o senhor conhecerá Paris como se já vivesse aqui há quatro anos.

Cândido, que era naturalmente curioso, deixou-se levar à casa da dama, no fundo do bairro de Saint-Honoré. Lá, estavam todos ocupados com um faraó.[31] Doze tristes jogadores tinham na mão um pequeno livro de cartas, registro

---

[30] Fréron era um crítico que atacava as peças de teatro de Voltaire.

[31] Antigo jogo de cartas.

extravagante de seus infortúnios. Reinava um profundo silêncio, a palidez estava no semblante dos jogadores, a inquietação no semblante do banqueiro, enquanto a dona do lugar, sentada junto daquele banqueiro impiedoso, observava com olhos de lince todos os parolins,[32] todas as tentativas de trapaça, que cada jogador fazia com suas cartas. Ela os fazia voltar atrás com uma atenção severa, mas cortês, e não se zangava nem um pouco, de medo de perder a prática: a dama fazia-se chamar marquesa de Parolignac. Sua filha, de quinze anos de idade, estava entre os jogadores e advertia com uma piscadela as trapaças daqueles infelizes, que tentavam reparar as crueldades da sorte. O padre perigordino, Cândido e Martinho entraram; ninguém se levantou, nem os saudou, nem olhou para eles; todos estavam profundamente ocupados com suas cartas.

– A senhora baronesa de Thunder-ten-tronckh era mais educada – disse Cândido.

Entretanto, o padre se aproximou do ouvido da marquesa, que se levantou um pouco, honrou Cândido com um sorriso gracioso e Martinho, com um meneio de cabeça perfeitamente nobre; mandou dar uma cadeira e um baralho a Cândido, que perdeu cinquenta mil francos em duas cortadas; depois disso, jantou-se muito alegremente, e todos se espantaram de que Cândido não se abalasse com a perda; os lacaios diziam entre si, em sua linguagem:

– Deve ser algum lorde inglês.

O jantar foi como a maioria dos jantares de Paris: primeiro, silêncio; em seguida, um barulho de palavras que ninguém distingue; depois, brincadeiras das quais a maior parte é insípida, falsas novidades, más reflexões, um pouco de política e muita maledicência. Falou-se até de livros novos.

– O senhor viu – perguntou o padre perigordino – o romance do senhor Gauchat, doutor em teologia?

– Sim – respondeu um dos convivas –, mas não pude terminá-lo. Temos uma multidão de escritos impertinentes,

---

[32] Dobro da primeira parada num jogo de cartas.

mas todos juntos não se aproximam da impertinência de Gauchat, doutor em teologia; ando tão farto dessa imensidão de livros detestáveis que nos inundam, que comecei a jogar faraó.

– E as *Miscelâneas* do arcediago Trublet, que diz delas? – perguntou o padre.

– Ah! – disse a senhora de Parolignac. – Que tédio mortal! Como ele diz de modo diferente aquilo que todos já sabem! Como discute pesadamente o que não merece sequer ser levemente observado! Como se apropria sem espírito do espírito dos outros! Como estraga o que pilha! Como me desagrada! Mas não me desagradará mais: já li o bastante do arcediago.

Havia à mesa um homem sábio e de gosto, que apoiou o que dizia à marquesa. Falou-se em seguida de tragédias. A dama perguntou por que existiam tragédias que às vezes eram encenadas e que não podiam ser lidas. O homem de gosto explicou muito bem como uma peça podia ter algum interesse e não ter quase nenhum mérito; provou em poucas palavras que não bastava levar ao palco uma ou duas dessas situações que se encontram em todos os romances e que sempre seduzem os espectadores, mas que é preciso ser novo sem ser bizarro, frequentemente sublime, e sempre natural; conhecer o coração humano e fazê-lo falar; ser grande poeta sem que jamais nenhum personagem da peça pareça poeta; saber perfeitamente sua língua, falá-la com pureza, com uma harmonia contínua, sem que jamais a rima sacrifique o sentido.

– Qualquer um – acrescentou ele – que não observar todas essas regras pode fazer uma ou duas tragédias aplaudidas no teatro, mas nunca será contado no número dos bons escritores; há muito poucas tragédias boas; umas são idílios em diálogos bem-escritos e bem-rimados; outras, reflexões políticas que fazem dormir, ou exageros que repugnam; outras, sonhos de energúmeno, em estilo bárbaro, falas interrompidas, longos clamores aos deuses, pois não conseguem falar aos homens, máximas falsas, lugares-comuns empolados.

Cândido escutou aquela fala com atenção e teve ótima impressão do pensador; e como a marquesa tivera o cuidado de colocá-lo ao lado dela, aproximou-se de seu ouvido e tomou a liberdade de perguntar quem era aquele homem que falava tão bem.

– É um sábio – disse a dama – que não joga nunca, e que o padre às vezes traz para jantar; conhece tudo de tragédias e de livros, e escreveu uma tragédia vaiada e um livro do qual nunca se viu exemplar fora da loja do livreiro, a não ser um que me dedicou.

– Que grande homem! – disse Cândido. – É um outro Pangloss.

Então, voltando-se para ele, disse-lhe:

– O senhor decerto acredita que tudo está pelo melhor no mundo físico e no moral, e que nada podia ser de outra maneira?

– Meu senhor – respondeu-lhe o sábio –, não acredito em nada disso: acho que entre nós tudo está atravessado; que ninguém sabe nem qual é o seu lugar, nem qual é sua missão, nem o que faz, nem o que deve fazer, e que, excetuado o jantar, que é bastante alegre e onde parece haver bastante união, todo o resto do tempo se passa em querelas impertinentes: jansenistas contra molinistas,[33] gente do parlamento contra gente da Igreja, gente de letras contra gente de letras, cortesãos contra cortesãos, financistas contra o povo, mulheres contra maridos, parentes contra parentes: é uma guerra eterna.

Cândido replicou-lhe:

– Já vi pior. Mas um sábio, que em seguida teve a infelicidade de ser enforcado, me ensinou que tudo isso é perfeito; são sombras num belo quadro.

– O seu enforcado zombava do mundo – disse Martinho –, suas sombras são manchas horríveis.

– São os homens que fazem as manchas – disse Cândido – e não podem eximir-se disso.

---

[33] Os jansenistas, adeptos de Cornélio Jansen, acreditavam na predestinação, enquanto os molinistas acreditavam no livre-arbítrio.

– Então não é culpa deles – disse Martinho.

A maioria dos jogadores, que não entendia nada daquela linguagem, bebia. Martinho debatia com o sábio, e Cândido contou uma parte de suas aventuras à dona do lugar.

Após a ceia, a marquesa levou Cândido para seu gabinete e o fez sentar-se a um sofá.

– Pois bem – disse-lhe ela –, então o senhor ainda ama perdidamente a senhorita Cunegundes de Thunder-ten-tronckh?

– Sim, senhora – respondeu Cândido.

A marquesa replicou-lhe com um sorriso terno:

– O senhor me responde como um jovem da Vestfália; um francês me teria dito: "É verdade que amei a senhorita Cunegundes, mas ao ver a senhora marquesa temo não amá-la mais".

– Oh, senhora – disse Cândido –, responderei como a senhora quiser.

– Sua paixão por ela – disse a marquesa – começou apanhando seu lenço; quero que o senhor agora apanhe a minha jarreteira.[34]

– Com todo o coração – disse Cândido e apanhou-a.

– Mas quero que o senhor a coloque de volta no lugar – disse a dama. E Cândido assim fez.

– Veja só – disse a dama –, o senhor é estrangeiro; às vezes deixo os meus amantes de Paris penarem quinze dias, mas me rendo ao senhor já na primeira noite, pois é preciso fazer as honras do país a um jovem da Vestfália. A bela, tendo avistado dois enormes diamantes nas duas mãos de seu jovem estrangeiro, louvou-os com tão boa-fé, que dos dedos de Cândido eles passaram aos dedos da marquesa.

Cândido, no caminho de volta com seu padre perigordino, sentiu alguns remorsos por ter feito uma infidelidade à senhorita Cunegundes. O senhor padre participou de sua dor; ele só tinha uma pequena parte de responsabilidade nas cinquenta mil libras perdidas no jogo por Cândido e no valor dos dois brilhantes, meio dados, meio extorquidos. Seu desígnio era aproveitar, tanto quanto pudesse, das vantagens

[34] Liga para sustentar as meias na perna.

que o conhecimento de Cândido lhe podia proporcionar. Falou-lhe muito de Cunegundes; e Cândido lhe disse que pediria perdão àquela beldade por sua infidelidade quando a visse em Veneza.

O perigordino redobrava a cortesia e as atenções e demonstrava um interesse especial a tudo o que Cândido dizia, a tudo o que fazia, a tudo o que queria fazer.

– Então o senhor tem um encontro marcado em Veneza? – perguntou-lhe.

– Sim, senhor padre – disse Cândido –, preciso absolutamente ir encontrar a senhorita Cunegundes. Então, arrebatado pelo prazer de falar do que gostava, contou, conforme seu costume, uma parte de suas aventuras com aquela ilustre vestfaliana.

– Quero crer – disse o padre – que a senhorita Cunegundes tem muito espírito e escreve cartas encantadoras.

– Jamais recebi carta dela – disse Cândido –, pois imagine o senhor que, tendo sido expulso do castelo por amor dela, não lhe pude escrever; que logo depois soube que tinha sido morta, que em seguida a encontrei e a perdi, e que lhe enviei a duas mil e quinhentas léguas daqui uma mensagem de que espero a resposta.

O padre escutava com atenção e parecia um pouco sonhador. Logo se despediu dos dois estrangeiros, após os ter abraçado ternamente. No dia seguinte, ao despertar, Cândido recebeu uma carta concebida nestes termos:

Meu senhor e caríssimo amante, há oito dias que estou enferma nesta cidade; soube que aqui estais. Eu voaria até vossos braços se pudesse mexer-me. Soube de vossa passagem por Bordéus; lá deixei o fiel Cacambo e a velha, que em breve deverão seguir-me. O governador de Buenos Aires apoderou-se de tudo, mas ainda me resta o vosso coração. Vinde, vossa presença me devolverá a vida, ou me fará morrer de prazer.

Aquela carta encantadora, aquela carta inesperada, enlevou Cândido a uma alegria inexprimível; e a doença de sua cara Cunegundes encheu-o de dor. Dividido entre esses dois sentimentos, pega seu ouro e seus diamantes e se faz conduzir com Martinho ao hotel onde a senhorita Cunegundes morava. Entra trêmulo de emoção, seu coração palpita, sua voz soluça; quer abrir as cortinas do leito, quer fazer entrar a luz.

– Não faça isso – disse-lhe a acompanhante –, a luz vai matá-la – e fechou as cortinas com pressa.

– Minha cara Cunegundes – disse Cândido chorando –, ao menos fale comigo.

– Ela não pode falar – disse a acompanhante. A mulher então tira do leito uma mão rechonchuda, que Cândido rega longamente com suas lágrimas e que em seguida enche de diamantes, deixando um saco cheio de ouro sobre a poltrona.

No meio desse enlevo, chega um oficial de polícia seguido do padre perigordino e de um grupo de guardas.

– Então esses dois são os estrangeiros suspeitos? – pergunta ele.

Manda-os prender *incontinenti* e ordena aos guardas que os levem para a cadeia.

– Não é assim que se tratam os estrangeiros em Eldorado – diz Cândido.

– Estou mais maniqueísta do que nunca – diz Martinho.

– Mas, senhor, aonde nos leva? – pergunta Cândido.

– Aos fundos de uma masmorra – diz o oficial.

Martinho, tendo recuperado o sangue frio, concluiu que a senhora que se fingia de Cunegundes era uma trapaceira, que o senhor padre perigordino era um trapaceiro que tinha abusado rapidamente da inocência de Cândido, e que o oficial era outro trapaceiro do qual podiam facilmente se livrar.

Ao invés de se expor aos procedimentos da justiça, Cândido, iluminado por aquele conselho e sempre impaciente por rever a verdadeira Cunegundes, propôs ao oficial três pequenos diamantes de mais ou menos três mil pistolas[35] cada.

– Ah! Meu senhor – diz-lhe o homem com bastão de marfim –, ainda que tivesse cometido todos os crimes imagináveis, o senhor é o homem mais honesto do mundo; três

[35] Antiga moeda francesa que valia dez francos.

diamantes! Cada um de três mil pistolas! Meu senhor! Eu me faria matar pelo senhor em vez de trancá-lo num xadrez. Aqui todos os estrangeiros são detidos, mas deixe tudo comigo; tenho um irmão em Dieppe, na Normandia, vou levar o senhor lá; e se tiver algum diamante para dar, ele cuidará do senhor como se fosse eu mesmo.

– E por que todos os estrangeiros são detidos? – pergunta Cândido.

O padre perigordino toma então a palavra, e diz:

– É porque um miserável do país de Atrebácia ouviu contar tolices: só isso o fez cometer um parricídio, não como aquele de 1610 no mês de maio, mas como aquele de 1594 no mês de dezembro, e como vários outros cometidos em outros anos e em outros meses, por outros miseráveis que tinham ouvido contar tolices.[36]

O oficial explicou então do que se tratava.

– Ah, que monstros! – exclamou Cândido. – Como! Horrores assim num povo que dança e canta! Como poderei sair o mais depressa possível deste país onde os macacos irritam os tigres? Vi ursos no meu país; só vi homens em Eldorado. Em nome de Deus, senhor oficial, leve-me a Veneza, onde devo esperar a senhorita Cunegundes.

– Só posso levá-lo à Baixa Normandia – disse o policial.

Na mesma hora, manda livrá-lo dos ferros, diz que se enganou, manda embora seus guardas, conduz Cândido e Martinho a Dieppe e os deixa nas mãos de seu irmão. Havia um pequeno barco holandês que ia fazer vela para Portsmouth, Inglaterra. Não era o caminho de Veneza, mas Cândido achava que estava livrando-se do inferno e contava retomar a rota de Veneza na primeira ocasião.

---

[36] O autor faz referência aqui ao assassinato de Henrique IV (1610) e às tentativas de assassinato deste mesmo rei (1594) e de Luís XV (1757).

Capítulo Vigésimo Terceiro

Cândido e Martinho vão pelas costas da Inglaterra; o que ali veem.

– Ah, Pangloss! Pangloss! Ah, Martinho! Martinho! Ah, minha cara Cunegundes! Que mundo é este? – dizia Cândido, a bordo do barco holandês.

– Alguma coisa muito louca e abominável – respondia Martinho.

– O senhor conhece a Inglaterra; lá as pessoas são tão loucas quanto na França?

– É uma outra espécie de loucura – disse Martinho.

– O senhor sabe que estas duas nações estão em guerra por alguns alqueires de neve no Canadá e que nessa linda guerra elas gastam muito mais do que vale o Canadá inteiro. Quanto a lhe dizer precisamente se há mais gente para se prender num país do que no outro, é algo que minhas fracas luzes não me permitem. Só sei que, em geral, as pessoas que vamos ver são muito atrabiliárias.

Assim falando, abordaram em Portsmouth; uma multidão de pessoas cobre a margem e olha com atenção um homem bem grande que está ajoelhado, de olhos vendados, sobre o tombadilho de um dos navios da frota; quatro soldados, colocados diante daquele homem, disparam-lhe três balas no crânio, cada um da maneira mais tranquila do mundo, e toda a assembleia vai-se embora extremamente satisfeita.

– Mas o que é isso? – pergunta Cândido. – E que demônio exerce seu império por toda parte?

Perguntou quem era aquele homem grande que acabara de ser morto em cerimônia.

– É um almirante[37] – responderam-lhe.

– E por que matar este almirante?

– Porque não mandou matar gente bastante; ele travou combate com um almirante francês, e concluiu-se que não se aproximou o bastante do outro.

– Mas o almirante francês estava tão longe do almirante inglês quanto este do francês – disse Cândido.

– Isso é incontestável – disseram-lhe –, mas neste nosso país é bom matar um almirante de vez em quando, para encorajar os outros.

Cândido ficou tão aturdido e chocado com o que viu e ouviu que não quis sequer pôr os pés em terra. Fez negócio com o patrão holandês (mesmo que este viesse a roubá-lo como o de Suriname) para conduzi-lo sem demora a Veneza.

O patrão ficou pronto ao cabo de dois dias. Bordejou-se a França; passou-se à vista de Lisboa, e Cândido estremeceu. Pegou-se o estreito e o Mediterrâneo; finalmente, atracaram em Veneza.

– Deus seja louvado! – disse Cândido abraçando Martinho. – É aqui que tornarei a ver a bela Cunegundes. Confio em Cacambo como em mim mesmo. Tudo está bem, tudo vai bem, tudo vai o melhor possível.

---

[37] Alusão ao Almirante inglês John Byng, que foi fuzilado em corte marcial por fracassar numa expedição, em 1757, um ano antes de Voltaire publicar *Cândido*.

Capítulo Vigésimo Quarto

De Paquette e do irmão Girofleu.

Mal chegou a Veneza, mandou procurar Cacambo em todos os albergues, em todos os cafés, em todos os bordéis, e não o encontrou. Mandava todos os dias alguém investigar os navios e os barcos: nenhuma notícia de Cacambo.

– Como? – dizia ele a Martinho. – Tive tempo de passar de Suriname a Bordéus, de ir de Bordéus a Paris, de Paris a Dieppe, de Dieppe a Portsmouth, de bordejar Portugal e Espanha, de atravessar todo o Mediterrâneo, de passar alguns meses em Veneza, e a bela Cunegundes não veio! No lugar dela só encontrei uma rameira e um padre perigordino! Cunegundes morreu, decerto; só me resta morrer! Ah! Melhor seria ter ficado em Eldorado do que voltar a essa Europa maldita. Como tem razão, meu caro Martinho! Tudo não passa de ilusão e calamidade!

Caiu numa negra melancolia e não tomou parte das óperas da moda nem dos outros divertimentos do carnaval. Nenhuma dama lhe inspirou a menor tentação. Martinho lhe disse:

– O senhor é muito simplório, na verdade, ao imaginar que um valete mestiço, com cinco ou seis milhões nos bolsos, vai buscar a sua amante no fim do mundo e vai trazê-la para o senhor em Veneza. Ele vai tomá-la para si, se a encontrar. Se não a encontrar, tomará uma outra: aconselho-o a esquecer seu valete Cacambo e sua amante Cunegundes.

Martinho não consolava. A melancolia de Cândido aumentou, e Martinho não parava de lhe provar que havia pouca virtude e pouca felicidade na terra, exceto talvez em Eldorado, aonde ninguém podia ir.

Debatendo sobre essa importante matéria e aguardando Cunegundes, Cândido avistou um jovem teatino[38] na praça de São Marcos, que levava pelo braço uma mocinha. O teatino parecia fresco, rechonchudo, vigoroso; seus olhos eram brilhantes, seu ar seguro, o rosto altivo, o andar orgulhoso. A moça era muito bela e cantava; olhava amorosamente para seu teatino e de quando em quando lhe beliscava as grandes bochechas.

– O senhor reconhecerá pelo menos – disse Cândido a Martinho – que aquelas pessoas são felizes. Até hoje, em toda a terra habitável, exceto em Eldorado, só encontrei desgraçados; mas aposto que essa mocinha e esse teatino são criaturas muito felizes.

– Eu aposto que não – disse Martinho.

– Basta chamá-los para jantar – disse Cândido –, e o senhor verá se me engano.

Logo ele os aborda, faz-lhes um cumprimento e convida-os a virem ao seu hotel comer macarrão, perdizes da Lombardia, ovas de esturjão, e a beber vinho de Montepulciano, Lacryma-Christi, Chipre e Samos. A mocinha ficou corada, o teatino aceitou o convite, e a moça o seguiu fitando Cândido com olhos de surpresa e de confusão que foram obscurecidos por algumas lágrimas. Mal entrou no quarto de Cândido, disse-lhe:

– Então, senhor Cândido? Não reconhece mais a Paquette!

Àquelas palavras, Cândido, que até então não lhe havia dado maior atenção, porque só tinha pensamentos para Cunegundes, disse-lhe:

[38] Membro de certa ordem monástica fundada em 1524, em Roma.

– Oh, minha pobre criança! Foi você então que colocou o doutor Pangloss no belo estado em que o vi?

– Ai, senhor, fui eu mesma – disse Paquette. – Vejo que o senhor se informou acerca de tudo. Eu soube das desgraças horríveis que aconteceram a toda a casa da senhora baronesa e à bela Cunegundes. Eu lhe juro que o meu destino não foi menos triste. Eu era muito inocente quando o senhor me conheceu. Um franciscano meu confessor seduziu-me com facilidade. As consequências foram horrendas; fui obrigada a sair do castelo pouco tempo depois que o senhor barão o mandou embora com pontapés no traseiro. Se um famoso médico não tivesse tido piedade de mim, eu teria morrido. Durante algum tempo, em sinal de gratidão, fui amante desse médico. Sua mulher, que era doente de ciúmes, batia-me todos os dias impiedosamente; era uma fúria. Esse médico era o mais feio de todos os homens, e eu, a mais infeliz de todas as criaturas por ser espancada continuamente por causa de um homem a quem não amava. O senhor sabe o quanto é perigoso para uma mulher rabugenta ser esposa de um médico. Aquele, farto dos modos da mulher, deu-lhe um dia, para curá-la de um resfriado, um medicamento tão eficaz que a matou em duas horas, com convulsões horríveis. Os parentes da senhora moveram um processo criminal contra o marido; ele fugiu, e eu fui posta na cadeia. Minha inocência não me teria salvo se eu não fosse bonitinha. O juiz me liberou, desde que pudesse suceder ao médico. Logo fui suplantada por uma rival, expulsa sem recompensa, e obrigada a continuar nesse ofício abominável que parece tão agradável aos senhores homens e que para nós outras não passa de um abismo de misérias. Vim exercer a profissão em Veneza. Ah, meu senhor! Se o senhor pudesse imaginar o que é ser obrigada a acariciar indiferentemente um velho comerciante, um advogado, um monge, um gondoleiro, um abade; ser exposta a todos os insultos, a todas as humilhações; ser frequentemente reduzida a ter de pedir emprestado uma saia para deixar que um homem nojento a levante; ser roubada por um daquilo que se ganhou de outro; ser extorquida pelos oficiais de justiça e não ter em perspectiva nada senão uma velhice horrível, um hospital e um monturo, o senhor concluiria que sou uma das mais infelizes criaturas do mundo.

Paquette abria assim o coração ao bom Cândido, num gabinete, na presença de Martinho, que dizia a Cândido:

– Veja que já ganhei metade da aposta.

O irmão Girofleu tinha ficado no refeitório e bebia um pouco, à espera do jantar.

– Mas – disse Cândido a Paquette – você tinha um ar tão alegre, tão contente, quando a encontrei; você cantava, acariciava o teatino com uma complacência natural; pareceu-me tão afortunada quanto afirma ser infeliz.

– Ah, meu senhor! – respondeu Paquette. – É mais uma das misérias da profissão. Ontem fui roubada e espancada por um oficial e hoje preciso parecer de bom humor para agradar a um monge.

Cândido não quis saber mais; reconheceu que Martinho tinha razão. Puseram-se à mesa com Paquette e o teatino; a refeição foi bastante divertida, e no final conversaram com alguma confiança.

– Meu padre – disse Cândido ao monge –, o senhor me parece gozar de um destino que todo mundo deve invejar; a flor da saúde brilha no seu rosto, sua fisionomia anuncia a felicidade; tem uma linda jovem para sua recreação e parece muito satisfeito com a sua condição de teatino.

– Que nada, meu senhor! – disse o irmão Girofleu.

– Quisera eu que todos os teatinos estivessem no fundo do mar. Já me vi tentado cem vezes a incendiar o convento e me fazer passar por turco. Meus pais me forçaram com a idade de quinze anos a vestir essa batina detestável para deixar mais riquezas a um maldito irmão mais velho, que o diabo o leve! O ciúme, a discórdia, a raiva moram no convento. É verdade que preguei alguns maus sermões que me valeram algum dinheiro, do qual o prior me rouba a metade: o resto me serve para manter as moças; mas, quando volto ao anoitecer para o mosteiro, tenho ímpetos de quebrar a cabeça contra as paredes do dormitório; e todos os meus confrades estão na mesma situação.

Martinho, voltando-se para Cândido com seu sangue frio habitual:

– E então? Não venci a aposta inteira?

Cândido deu duas mil piastras a Paquette e mil piastras ao irmão Girofleu.

– Eu lhe respondo que com isso eles serão mais felizes.

– Eu não acho de jeito nenhum – disse Martinho –; talvez o senhor os torne, com estas piastras, ainda mais infelizes.

– Que aconteça o que tiver de acontecer – disse Cândido –, mas uma coisa me consola: vejo que frequentemente a gente encontra pessoas que jamais pensaria encontrar; é bem possível que, tendo encontrado meu carneiro vermelho e Paquette, encontre também Cunegundes.

– Eu desejo – disse Martinho – que um dia ela lhe traga felicidade; mas é algo de que duvido muito.

– O senhor é muito duro – disse Cândido.

– É porque vivi – disse Martinho.

– Mas olhe só estes gondoleiros – disse Cândido –, não estão sempre a cantar?

– O senhor não os está vendo em seus lares, com suas mulheres e seus fedelhos – disse Martinho. – O doge[39] tem suas mágoas, os gondoleiros têm as deles. É verdade que, tudo pesado, a sorte de um gondoleiro é preferível à de um doge; mas acho a diferença tão medíocre, que nem vale a pena ser examinada.

– Fala-se – disse Cândido – do senador Pococurante,[40] que mora naquele belo palácio sobre o Brenta e que recebe bastante bem os estrangeiros. Dizem que é um homem que nunca teve mágoas.

– Gostaria de ver essa espécie tão rara – disse Martinho.

Cândido logo mandou pedir ao senhor Pococurante a permissão para ir vê-lo no dia seguinte.

---

[39] Chefe ou primeiro magistrado das antigas repúblicas de Veneza e de Gênova.

[40] O nome Pococurante, em italiano, significa 'que não se preocupa'.

Capítulo Vigésimo Quinto

Visita à casa do senhor Pococurante, nobre veneziano.

Cândido e Martinho foram de gôndola pelo Brenta e chegaram ao palácio do nobre Pococurante. Os jardins eram bem-cuidados e ornados de belas estátuas de mármore; o palácio, de uma bela arquitetura. O dono da casa, homem de sessenta anos, forte, rico, recebeu muito cortesmente os dois curiosos, mas com muito pouco entusiasmo, o que desconcertou Cândido e não desagradou em nada a Martinho.

Primeiramente, duas jovens bonitas e muito bem-postas serviram chocolate, que fizeram espumar bem. Cândido não pôde evitar louvar-lhes a beleza, a graça e a presteza.

– São criaturas bastante boas – disse o senador Pococurante –, às vezes faço-as deitar na minha cama, pois já estou bem cansado das damas da cidade, de suas frescuras, de seus ciúmes, querelas, humores, mesquinharias, orgulho, bobagens e dos sonetos que é preciso escrever ou encomendar para elas; mas, no fim das contas, essas duas jovens começam a me aborrecer bastante.

Cândido, depois do almoço, passeando por uma longa galeria, surpreendeu-se com a beleza dos quadros. Perguntou de que mestre eram os dois primeiros.

– São de Rafael – disse o senador –, paguei caríssimo por eles, por vaidade, há alguns anos; dizem que é o que há de mais belo na Itália, mas não me agradam em nada: a cor é muito escura; os rostos não são suficientemente arredondados e não se salientam; os tecidos não se parecem em nada com panos de verdade; numa palavra, por mais que digam, não encontro aí uma imitação verdadeira da natureza. Só gostarei de um quadro quando acreditar ver a própria natureza: não existem os desta espécie. Tenho muitos quadros, mas não olho mais para eles.

Pococurante, esperando o jantar, organizou um concerto. Cândido achou a música maravilhosa.

– Esse barulho – disse Pococurante – pode divertir por meia hora; mas, se durar mais tempo, cansa todo mundo, embora ninguém ouse confessá-lo. A música hoje não passa da arte de executar coisas difíceis, e aquilo que é apenas difícil não agrada muito tempo. Talvez eu preferisse a ópera, se não tivessem descoberto o segredo de fazer dela um monstro que me revolta. Vá ver quem quiser péssimas tragédias em música, em que as cenas são feitas apenas para conduzir, aliás, muito mal, duas ou três canções ridículas que valorizam a goela de uma atriz; desmaie de prazer quem quiser, ou quem puder, vendo um castrado cantarolar o papel de César ou Catão e passear com ar desajeitado pelo palco; quanto a mim, faz muito tempo que desisti dessas pobrezas, que hoje fazem a glória da Itália e pelas quais os soberanos pagam tão caro.

Cândido discordou um pouco, mas com discrição. Martinho foi inteiramente da opinião do senador.

Puseram-se à mesa e, após um excelente jantar, entraram na biblioteca. Cândido, vendo um Homero magnificamente encadernado, louvou o ilustríssimo por seu bom gosto.

– Aí está – disse ele – um livro que fazia as delícias do grande Pangloss, o maior filósofo da Alemanha.

– Mas não faz as minhas – disse friamente Pococurante –; fizeram-me acreditar outrora que eu tinha prazer lendo-o; mas essa repetição contínua de combates todos parecidos, esses deuses que agem sempre para nada fazerem de decisivo, essa Helena que é o motivo da guerra e que mal é uma atriz na peça; essa Troia que se sitia e que não se toma nunca, tudo isso me causava o tédio mais mortal. Perguntei certa vez a alguns sábios se eles se aborreciam tanto quanto eu nessa leitura. Todas as pessoas sinceras me confessaram que o livro lhes caía das mãos, mas que era preciso sempre tê-lo em sua biblioteca, como um monumento da Antiguidade como essas moedas enferrujadas que não circulam mais.

– Vossa Excelência não pensa assim de Virgílio – sugeriu Cândido.

– Admito – disse Pococurante – que o segundo, o quarto e o sexto livros de sua *Eneida*[41] são excelentes; mas quanto ao seu pio Eneias, ao forte Cloanto, ao amigo Acates e ao pequeno Ascânio, e ao imbecil rei Latino e à burguesa Amata, e à insípida Lavínia, acho que não existe nada mais frio nem mais desagradável. Prefiro Tasso[42] e os contos de dormir em pé de Ariosto.

– Ousaria perguntar-lhe, senhor – disse Cândido –, se não tem grande prazer em ler Horácio?

– Existem máximas – respondeu Pococurante – das quais um homem do mundo pode tirar proveito e que, estando contidas em versos enérgicos, se gravam mais facilmente na memória. Mas eu ligo pouquíssimo para a sua viagem a Brindisi, para a sua descrição de um jantar ruim, para a disputa dos brutamontes entre não sei que Pupilo, cujas palavras, diz ele, *estavam cheias de pus*, e um outro, cujas palavras *eram vinagre*. Li com extremo nojo seus versos grosseiros contra as velhas e as feiticeiras; e não vejo que mérito pode haver em dizer a seu amigo Mecenas que, se foi posto por ele no rol dos poetas líricos, ele baterá nos astros com sua testa sublime. Os tolos admiram tudo num autor estimado. Eu só leio para mim; só gosto daquilo que me serve.

---

41 Obra épica, escrita pelo poeta romano Virgílio, sobre as aventuras do herói troiano Eneias.

42 *Cícero* (106-43 a.C.): estadista, escritor e orador romano; *Ludovic Giovanni Ariosto* e *Torquato Tasso*: poetas romanos da renascença.

Cândido, que fora ensinado a nunca julgar nada por si mesmo, admirou-se bastante de tudo quanto ouvia; e Martinho considerava a maneira de pensar de Pococurante bastante razoável.

– Oh! Eis um Cícero – disse Cândido. – Acho que o senhor não se cansa de ler esse grande homem, pois não?

– Não o leio nunca – respondeu o veneziano. – Que me importa que ele tenha defendido a causa de Rabírio ou de Cluêncio? Já tenho processos demais para julgar; eu me acomodaria melhor às suas obras filosóficas; mas, quando vi que ele duvidava de tudo, concluí que sabia tanto quanto ele e que não precisava de ninguém para ser ignorante.

– Ah! Cá estão oitenta volumes de ensaios de uma academia de ciências – exclamou Martinho –, é provável que haja alguma coisa boa aí.

– Haveria – disse Pococurante –, se pelo menos um dos autores dessa algazarra tivesse inventado apenas a arte de fazer alfinetes; mas em todos esses livros não existe nada, senão sistemas vãos e nenhuma coisa de útil.

– Quantas peças de teatro vejo aqui! – disse Cândido.

– Em italiano, espanhol, francês!

– Sim – disse o senador –, são umas três mil, e só uma dúzia presta. Quanto a essas coletâneas de sermões, que todos juntos não valem uma página de Sêneca, e a todos esses grossos volumes de teologia, o senhor pode deduzir que não os abro nunca, nem eu nem ninguém.

Martinho avistou prateleiras carregadas de livros ingleses.

– Acredito – disse ele – que um republicano deve-se agradar da maioria dessas obras, escritas com tanta liberdade.

– Sim – respondeu Pococurante –, é bom escrever o que se pensa; é o privilégio do homem. Em toda a nossa Itália, só se escreve o que não se pensa; os que vivem na pátria dos césares e dos antoninos não ousam ter uma ideia sem a permissão de um jacobino. Eu ficaria contente com a liberdade que inspira os gênios ingleses, se a paixão e o espírito de partido não corrompessem tudo o que essa preciosa liberdade tem de estimável.

Cândido, avistando um Milton, perguntou-lhe se não via aquele autor como um grande homem.

– Quem? – disse Pococurante. – Esse bárbaro, que faz um longo comentário do primeiro capítulo do Gênesis em dez livros de versos duros? Esse grosseiro imitador dos gregos, que desfigura a criação e que, enquanto Moisés representa o Ser eterno produzindo o mundo pela palavra, faz o Messias pegar um grande compasso num armário do céu para traçar sua obra? Eu estimaria aquele que estragou o inferno e o diabo de Tasso; que disfarça Lúcifer ora em sapo, ora em pigmeu; que o faz repetir cem vezes os mesmos discursos; que o faz debater sobre a teologia; que, imitando seriamente a invenção cômica das armas de fogo de Ariosto, faz os diabos atirarem de canhão contra o céu? Nem eu, nem ninguém na Itália pôde achar prazer em todas essas tristes extravagâncias. O casamento do pecado e da morte e as cobras a que o pecado dá à luz fazem vomitar todo homem que tenha o gosto um pouco delicado, e sua longa descrição de um hospital só presta para um coveiro. Esse poema obscuro, bizarro e desagradável foi desprezado assim que nasceu; hoje eu o trato como ele foi tratado em sua pátria pelos contemporâneos. De resto, digo o que penso e pouco se me dá se outros pensam como eu.

Cândido estava aflito com aqueles discursos; ele respeitava Homero, gostava um pouco de Milton.

– Receio – disse ele a Martinho em voz baixa – que esse homem tenha um soberano desprezo pelos nossos poetas alemães.

– Não haveria grande mal nisso – disse Martinho.

– Oh! Que homem superior! – dizia ainda Cândido entredentes. – Que grande gênio esse Pococurante! Nada lhe agrada.

Após terem passado assim em revista todos os livros, desceram ao jardim. Cândido louvou-lhe todas as belezas.

– Não conheço nada de tanto mau gosto – disse o proprietário –, tudo o que temos aqui são ninharias; mas amanhã mesmo vou mandar plantar um jardim de desenho mais nobre.

Depois que se despediram de Sua Excelência:

– Ora, ora – disse Cândido a Martinho –, o senhor há de convir que ali está o mais feliz de todos os homens, pois está acima de tudo o que possui.

– O senhor não vê – disse Martinho – que ele se entedia com tudo quanto possui? Platão disse, há muito tempo, que os melhores estômagos não são aqueles que rejeitam todos os alimentos.

– Mas – disse Cândido – não há prazer em criticar tudo, em sentir os defeitos onde os outros homens acham ver belezas?

– Ou seja – retomou Martinho –, que existe prazer em não ter prazer?

– Ó céus – disse Cândido –, então não há ninguém feliz, a não ser eu, quando voltar a ver a senhorita Cunegundes.

– Sempre vale a pena esperar – disse Martinho.

No entanto, os dias e as semanas escoavam; Cacambo não retornava, e Cândido estava tão dilacerado em sua dor, que nem se deu conta de que Paquette e o irmão Girofleu nem sequer tinham vindo agradecer-lhe.

Capítulo Vigésimo Sexto

De uma ceia que Cândido e Martinho fizeram com seis estrangeiros, e quem eram estes.

Certa noite em que Cândido, seguido de Martinho, ia pôr-se à mesa com os estrangeiros hospedados no mesmo hotel, um homem com rosto cor de fuligem abordou-o por trás e, tomando-o pelo braço, lhe disse:

– Esteja pronto para partir conosco, não falte.

Cândido se volta e vê Cacambo. Somente a visão de Cunegundes poderia surpreendê-lo e agradar-lhe mais. Estava a ponto de enlouquecer de alegria. Abraça seu caro amigo.

– Cunegundes decerto está aqui. Onde? Leve-me até ela, que eu morra de alegria com ela.

– Cunegundes não está aqui – disse Cacambo –, está em Constantinopla.

– Oh, Deus! Em Constantinopla! Mas ainda que estivesse na China... Estou voando para lá, partamos.

– Partiremos depois da ceia – retomou Cacambo –, não lhe posso dizer mais; sou escravo, meu amo me espera; preciso ir servi-lo à mesa: não diga palavra; coma e esteja pronto.

Cândido, dividido entre a alegria e a dor, encantado de ter revisto seu fiel agente, espantado de vê-lo escravo, cheio da ideia de encontrar sua amante, o coração agitado, o espírito transtornado, pôs-se à mesa com Martinho, que via com sangue frio todas aquelas aventuras, e com seis estrangeiros que tinham vindo passar o carnaval em Veneza.

Cacambo, que despejava a bebida para um dos estrangeiros, aproximou-se do ouvido de seu amo, ao fim da refeição, e lhe disse:

– Senhor, Vossa Majestade partirá quando quiser, o barco está pronto.

Tendo dito essas palavras, saiu. Os convivas, espantados, olhavam-se sem proferir uma só palavra, quando outro doméstico, aproximando-se de seu amo, lhe disse:

– Senhor, a carruagem de Vossa Majestade está em Pádua, e o barco está pronto.

O amo fez um sinal, e o doméstico partiu. Todos os convivas se entreolharam ainda, e o assombro comum redobrou. Um terceiro valete, aproximando-se também de um terceiro estrangeiro, lhe disse:

– Senhor, creia-me, Vossa Majestade não deve ficar aqui muito tempo: vou preparar tudo – e imediatamente desapareceu.

Cândido e Martinho não duvidaram então de que fosse uma brincadeira de carnaval. Um quarto doméstico disse ao quarto amo:

– Vossa Majestade partirá quando quiser – e saiu como os outros.

O quinto valete disse o mesmo ao quinto amo. Mas o sexto valete falou de forma diferente ao sexto estrangeiro, que estava junto de Cândido. Ele lhe disse:

– Por Deus, senhor, já não querem dar crédito a Vossa Majestade, nem tampouco a mim; e podemos muito bem ir parar na cadeia esta noite, o senhor e eu: vou cuidar dos meus assuntos, adeus.

Tendo desaparecido todos os domésticos, os seis estrangeiros, Cândido e Martinho permaneceram num profundo silêncio. Cândido, enfim, rompeu-o.

– Meus senhores – disse ele –, esta é uma brincadeira bem singular: por que todos os senhores são reis? Quanto a mim, confesso que eu e Martinho não o somos.

O amo de Cacambo tomou então gravemente a palavra e disse em italiano:

– Não estou brincando, chamo-me Ahmed III. Fui grande sultão por vários anos; destronei meu irmão; meu sobrinho me destronou; cortaram o pescoço dos meus vizires.[43] Termino os meus dias no velho harém. Meu sobrinho, o grande sultão Mahmud, me permite viajar de vez em quando por causa da saúde, e vim passar o carnaval em Veneza.

Um jovem que estava junto de Ahmed falou depois dele e disse:

– Chamo-me Ivan. Fui imperador de todas as Rússias. Fui destronado no berço; meu pai e minha mãe foram aprisionados; fui criado na prisão. De vez em quando tenho permissão para viajar, acompanhado daqueles que me guardam, e vim passar o carnaval em Veneza.

O terceiro disse:

– Sou Carlos Eduardo, rei da Inglaterra. Meu pai cedeu-me seus direitos sobre o reino. Combati para mantê-los. Cem dos meus partidários tiveram o coração arrancado, e bateram-lhes nas faces com eles. Fui posto na prisão; vou a Roma fazer uma visita ao rei meu pai, destronado, assim como eu e meu avô, e vim passar o carnaval em Veneza.

O quarto então tomou a palavra e disse:

– Sou rei dos poloneses. A sorte da guerra privou-me dos meus Estados hereditários. Meu pai sofreu os mesmos reveses. Resigno-me à Providência, como o sultão Ahmed, o imperador Ivan e o rei Carlos Eduardo, a quem Deus dê longa vida, e vim passar o carnaval em Veneza.

O quinto disse:

– Também sou rei dos poloneses; perdi meu reino duas vezes; mas a Providência me deu outro Estado, ao qual fui mais propício que todos os reis dos sármatas juntos à beira do Vístula. Resigno-me também à Providência, e vim passar o carnaval em Veneza.

---

[43] Ministro, no império turco.

Faltava falar o sexto monarca:

– Senhores – disse ele –, não sou tão poderoso quanto vós, mas, enfim, também fui rei como qualquer outro. Sou Teodoro, fui eleito rei da Córsega. Chamavam-me *Vossa Majestade* e, no momento, mal me chamam *senhor*. Mandei cunhar moeda e não tenho hoje um centavo; tive dois secretários de Estado e hoje mal tenho um valete; vi-me sobre um trono e passei muito tempo em Londres na prisão, deitado na palha. Temo receber o mesmo tratamento aqui, embora tenha vindo, como Vossas Majestades, passar o carnaval em Veneza.

Os cinco outros reis escutaram aquele discurso com uma nobre compaixão. Cada um deles deu vinte cequins ao rei Teodoro para comprar calças e camisas; Cândido presenteou-o com um diamante de dois mil cequins.

– Quem é, afinal – diziam os cinco reis –, este simples particular que pode dar cem vezes mais que nós?

No instante em que se retiravam da mesa, chegaram ao mesmo hotel quatro altezas sereníssimas, que também tinham perdido seus Estados pela sorte da guerra e que vinham passar o resto do carnaval em Veneza. Mas Cândido nem se importou com aqueles recém-chegados. Só se preocupava em ir encontrar sua cara Cunegundes em Constantinopla.

Capítulo Vigésimo Sétimo

Viagem de Cândido a Constantinopla.

O fiel Cacambo já tinha obtido do capitão turco que ia reconduzir o sultão Ahmed a Constantinopla, que ele recebesse Cândido e Martinho a bordo. Ambos subiram ao barco depois de se terem prosternado diante de Sua Miserável Alteza. Cândido, em meio à viagem, dizia a Martinho:

– Quem diria, seis reis destronados, com os quais ceamos, e ainda por cima um deles que pedia esmola. Talvez haja outros príncipes ainda mais infelizes. Quanto a mim, só perdi cem carneiros e estou voando para os braços de Cunegundes. Meu caro Martinho, mais uma vez Pangloss tinha razão: tudo está bem.

– Assim desejo – disse Martinho.

– Mas foi uma aventura bem inverossímil essa que tivemos em Veneza – disse Cândido. – Nunca se viu nem se ouviu falar que seis reis destronados ceassem juntos num albergue.

– Isso não é mais extraordinário – disse Martinho – do que a maior parte das coisas que nos têm acontecido. É muito comum os reis serem destronados; e quanto à honra que tivemos de cear com eles, é uma bobagem que não merece nossa atenção.

Assim que subiu ao barco, Cândido agarrou seu antigo valete, seu amigo Cacambo.

– E então? – perguntou-lhe. – Que faz Cunegundes? Ainda é um prodígio de beleza? Ainda me ama? Como vai ela? Você na certa lhe comprou um palácio em Constantinopla!

– Meu caro amo – respondeu Cacambo –, Cunegundes lava louça às margens da Propôntida,[44] na casa de um príncipe que tem muito pouca louça; é escrava na casa de um antigo soberano chamado Ragotski, a quem o Grande Turco dá três escudos por dia em seu asilo. Mas o que é bem mais triste é que ela perdeu sua beleza e ficou horrivelmente feia.

– Ah, bela ou feia – disse Cândido –, sou um homem honesto e meu dever é amá-la sempre. Mas como pode ela ter-se reduzido a um estado tão abjeto com os cinco ou seis milhões que você tinha levado?

– Bem – disse Cacambo –, não tive eu que dar dois milhões ao senhor Don Fernando de Ibarra y Figueroa y Mascareñas y Lampurdos y Souza, governador de Buenos Aires, para ter a permissão de resgatar a senhorita Cunegundes? E um pirata não nos despojou bravamente do resto? E esse pirata não nos levou ao cabo de Matapan, a Milo, a Nicária, a Samos, a Petra, ao Dardanelos, a Mármara, a Escútari? Cunegundes e a velha servem ao príncipe de que lhe falei, e eu sou escravo do sultão destronado.

– Quantas calamidades horríveis encadeadas umas às outras! – disse Cândido. – Mas, depois de tudo, ainda tenho alguns diamantes; libertarei Cunegundes facilmente. É mesmo pena que tenha ficado tão feia.

Em seguida, voltando-se para Martinho:

– Quem o senhor acha que é o mais digno de pena, o imperador Ahmed, o imperador Ivan, o rei Carlos Eduardo ou eu?

– Não faço ideia – disse Martinho –, seria preciso que eu estivesse no seus corações para saber.

– Ah! – disse Cândido. – Se Pangloss estivesse aqui, ele saberia e nos faria saber.

---

[44] Antiga denominação do Mar de Mármara, situado entre o Mediterrâneo e o Mar Negro.

– Eu não sei – disse Martinho – com que balança o seu Pangloss poderia pesar os infortúnios dos homens e apreciar suas dores. Tudo o que presumo é que há milhões de homens na Terra cem vezes mais dignos de pena do que o rei Carlos Eduardo, o imperador Ivan e o sultão Ahmed.

– É bem possível – disse Cândido.

Chegou-se em poucos dias ao canal do Mar Negro. Cândido começou comprando Cacambo de volta, bem caro, e, sem perder tempo, lançou-se dentro de uma galera, com seus companheiros, para ir às margens da Propôntida buscar Cunegundes, por mais feia que estivesse.

Havia na galé dois forçados que remavam muito mal e a quem o patrão muçulmano aplicava de vez em quando algumas chicotadas com nervo de boi nos ombros nus. Cândido, por um movimento natural, olhou para eles com mais atenção do que para os outros forçados e aproximou-se deles com piedade. Alguns traços do rosto desfigurado deles lhe pareceram ter alguma semelhança com Pangloss e com aquele infeliz jesuíta, aquele barão, aquele irmão da senhorita Cunegundes. Essa ideia comoveu-o e o entristeceu. Olhou para eles de novo, com mais atenção.

– De fato – disse ele a Cacambo –, se eu não tivesse visto Pangloss ser enforcado, e se não tivesse tido o azar de matar o barão, poderia crer que são eles que estão remando nesta galera.

Ao nome do barão e de Pangloss, os dois forçados soltaram um grande grito, detiveram-se em seu banco e deixaram cair seus remos. O patrão muçulmano correu sobre eles, e as chicotadas com nervo de boi foram redobradas.

– Pare, pare, senhor – gritou Cândido –, eu lhe darei tanto dinheiro quanto queira.

– Como? É Cândido! – dizia um dos forçados.

– Como? É Cândido! – dizia o outro.

– Será um sonho? – disse Cândido. – Estou delirando? Estou nesta galera? Será este o senhor barão a quem matei? Será este o mestre Pangloss que vi ser enforcado?

– Somos nós mesmos, somos nós – responderam eles.

– O quê? Isso é o seu grande filósofo? – disse Martinho.

– Ei, senhor patrão muçulmano – disse Cândido –, quanto dinheiro quer pelo resgate do senhor de Thunderten- tronckh, um dos primeiros barões do Império, e do senhor Pangloss, o mais profundo metafísico da Alemanha?

– Cão cristão – respondeu o patrão muçulmano –, já que esses dois cães forçados cristãos são barões e metafísicos, o que decerto é uma grande dignidade no país deles, você me dará cinquenta mil cequins.

– O senhor os terá – disse Cândido –, leve-me como um raio a Constantinopla e será pago imediatamente. Não, leve-me à senhorita Cunegundes.

O patrão muçulmano, com a primeira oferta de Cândido, já tinha virado a proa no rumo da cidade e fazia remar mais rápido do que um pássaro corta os ares.

Cândido abraçou cem vezes o barão e Pangloss.

– E como foi que eu não o matei, meu caro barão? E meu caro Pangloss, como pode estar vivo depois de ter sido enforcado? E por que estão os dois nas galés da Turquia?

– É mesmo verdade que minha cara irmã está neste país? – dizia o barão.

– Sim – respondeu Cacambo.

– Então revejo o meu caro Cândido – exclamava Pangloss.

Cândido apresentou-lhes Martinho e Cacambo. Todos se abraçavam e falavam ao mesmo tempo. A galera voava, já estavam no porto. Mandaram vir um judeu, a quem Cândido vendeu por cinquenta mil cequins um diamante que valia cem mil, e que lhe jurou por Abraão que não podia pagar mais que aquilo. Pagou *incontinenti* o resgate do barão e de Pangloss. Este se jogou aos pés de seu libertador e os banhou de lágrimas. O outro agradeceu-lhe com um gesto de cabeça e lhe prometeu devolver o dinheiro na primeira ocasião.

– Mas é mesmo possível que minha irmã esteja na Turquia? – dizia ele.

– Nada é mais possível – retomou Cacambo –, já que ela lava a louça de um príncipe da Transilvânia. Mandaram vir imediatamente dois judeus. Cândido vendeu mais diamantes. E partiram todos em outra galera para irem libertar Cunegundes.

Capítulo Vigésimo Oitavo

Do que aconteceu a Cândido, a Cunegundes, a Pangloss, a Martinho etc.

– Perdão mais uma vez – disse Cândido ao barão –, perdão, meu reverendo padre, por ter-lhe desferido um grande golpe de espada através do corpo.

– Não falemos mais disso – respondeu o barão –, eu me exacerbei, reconheço; mas já que você quer saber por qual azar me viu nas galés, direi que, após ter sido curado de minha ferida pelo irmão boticário do colégio, fui atacado e raptado por um comando espanhol. Fui preso em Buenos Aires no tempo em que minha irmã acabava de partir de lá. Pedi para voltar a Roma junto do padre general. Fui nomeado para servir de capelão em Constantinopla junto do senhor embaixador da França. Não havia oito dias que eu estava naquela função quando encontrei, ao entardecer, um jovem icoglã[45] muito benfeito de corpo. Fazia muito calor: o jovem quis banhar-se; aproveitei a ocasião para me banhar também. Eu não sabia que era crime capital para um cristão ser encontrado totalmente nu com um jovem muçulmano.

---

[45] Pajem dos antigos sultões da Turquia.

Um cádi[46] mandou me aplicarem cem pauladas na planta dos pés e condenou-me às galeras. Acho que nunca houve injustiça mais horrível. Mas gostaria de saber afinal por que minha irmã está na cozinha de um soberano da Transilvânia refugiado entre os turcos.

– Mas, e o senhor, meu caro Pangloss – disse Cândido –, como é possível que eu o veja de novo?

– É verdade – respondeu Pangloss – que o senhor me viu ser enforcado; eu devia naturalmente ser queimado; mas o senhor se lembra de que choveu copiosamente quando iam me cozinhar: a tempestade foi tão violenta que perderam a esperança de acender o fogo; fui enforcado, porque não puderam fazer melhor: um cirurgião comprou meu corpo, levou-me para casa e me dissecou. Primeiro, fez-me uma incisão crucial desde o umbigo até a clavícula. Não se podia ter sido mais mal-enforcado do que eu fui. O executor das grandes obras da santa Inquisição, que era subdiácono, de fato queimava as pessoas à maravilha, mas não estava acostumado a enforcar: a corda estava molhada, escorregou mal e encheu-se de nós. Enfim, eu ainda respirava. A incisão crucial me fez lançar um grito tão grande que meu cirurgião caiu para trás e, achando que dissecava o diabo, correu, morto de medo, e caiu de novo na escada ao fugir. Sua mulher acorreu ao barulho, de um gabinete vizinho; viu-me sobre a mesa estendido com minha incisão crucial: teve ainda mais medo que o marido, fugiu e caiu em cima dele. Quando voltaram um pouco a si, ouvi a cirurgiã dizer ao cirurgião: "Meu velho, que ideia foi essa de dissecar um herege? Você não sabe que o diabo ainda está no corpo dessa gente? Vou já buscar um padre para exorcizá-lo". Eu tremi ouvindo aquilo e reuni as poucas forças que me restavam para gritar: "Tenham piedade de mim!". Enfim, o médico português criou coragem; recosturou minha pele; e a própria mulher cuidou de mim; fiquei de pé ao cabo de quinze dias. O

---

[46] Juiz muçulmano no império turco.

médico encontrou um lugar para mim e me fez lacaio de um cavaleiro de Malta que ia a Veneza; mas, como meu amo não tinha com que me pagar, pus-me a serviço de um mercador veneziano e o segui até Constantinopla.

Um dia, tive a fantasia de entrar numa mesquita. Só havia um velho imã e uma jovem devota muito bela que dizia suas orações; seu colo estava totalmente descoberto: tinha entre as duas tetas um lindo ramalhete de tulipas, de rosas, de anêmonas, de ranúnculos, de jacintos e de miosótis. Ela deixou cair o ramalhete, eu o recolhi e o devolvi a ela com a mais respeitosa solicitude. Demorei tanto na devolução que o imã ficou com raiva e, vendo que eu era cristão, pediu socorro. Levaram-me ao cádi, que fez darem-me cem lategadas[47] na planta dos pés e me enviou às galeras. Fui acorrentado justamente na mesma galera e no mesmo banco do senhor barão. Havia naquela galera quatro rapazes de Marselha, cinco padres napolitanos, e dois monges de Corfu, que nos disseram que aventuras semelhantes aconteciam todos os dias. O senhor barão afirmava ter sofrido injustiça maior que a minha; já eu afirmava que era muito mais permitido recolocar um ramalhete no colo de uma dama do que estar todo nu com um icoglã. Nós brigávamos sem parar e recebíamos vinte chicotadas de nervo de boi por dia, quando o encadeamento dos acontecimentos deste universo trouxe o senhor à nossa galera e nos resgatou.

– E então, meu caro Pangloss – perguntou-lhe Cândido –, quando foi enforcado, dissecado, moído de pancadas e teve de remar nas galeras, o senhor continuou pensando que tudo ia no melhor dos mundos?

– Trago ainda o meu primeiro sentimento – respondeu Pangloss –, pois, afinal, sou filósofo: não me convém desmentir-me, Leibnitz não podia estar errado, e, por outro lado, a harmonia preestabelecida é a coisa mais bela do mundo, assim como o pleno e a matéria sutil.

---

[47] Pancada com látego, um açoite de correia ou de corda.

Capítulo Vigésimo Nono

De como Cândido reencontrou Cunegundes e a velha.

Enquanto Cândido, o barão, Pangloss, Martinho e Cacambo contavam suas aventuras, raciocinavam sobre os eventos contingentes e não contingentes deste universo, debatiam sobre os efeitos e as causas, sobre o mal moral e o mal físico, sobre a liberdade e a necessidade, sobre os consolos que se podem experimentar quando se está nas galeras da Turquia, abordaram as margens do Propôntida, na casa do príncipe da Transilvânia. Os primeiros objetos que se apresentaram foram Cunegundes e a velha, que estendiam toalhas em varais para fazê-las secar.

O barão empalideceu àquela visão. O terno amante Cândido, vendo sua bela Cunegundes encardida, com os olhos gastos, o colo seco, as faces enrugadas, os braços vermelhos e descamados, recuou três passos, tomado de horror, e avançou em seguida para não parecer impolido. Ela abraçou Cândido e o irmão; abraçou-se a velha: Cândido comprou as duas de volta.

Havia uma pequena granja na vizinhança; a velha propôs a Cândido que se acomodasse nela, no aguardo de que todo o grupo tivesse um destino melhor. Cunegundes não sabia que tinha enfeiado, ninguém lhe havia avisado: fez lembrar a Cândido de suas promessas com um tom tão absoluto que o bom Cândido não ousou recusar. Comunicou então ao barão que ia casar-se com sua irmã.

– Jamais permitirei – disse o barão – tamanha baixeza da parte dela e uma tal insolência da sua. Essa infâmia nunca me será cobrada: os filhos de minha irmã não poderiam entrar nos capítulos da Alemanha. Não, nunca, minha irmã só desposará um barão do Império.

Cunegundes lançou-se aos pés dele e os banhou de lágrimas. Ele permaneceu inflexível.

– Mestre louco – disse-lhe Cândido –, eu o livrei das galés, paguei seu resgate, paguei o de sua irmã, que estava aqui lavando louça. Ela ficou feia, tenho a bondade de torná-la minha mulher, e você ainda pensa em se opor! Eu o mataria se levasse a sério minha cólera!

– Você pode me matar de novo – disse o barão –, mas não se casará com minha irmã enquanto eu viver.

Capítulo Trigésimo

Conclusão.

Cândido, no fundo do coração, não tinha a menor vontade de desposar Cunegundes. Mas a impertinência extrema do barão determinava-o a concluir o casamento, e Cunegundes premia-o tão vivamente, que ele não podia se esquivar. Consultou Pangloss, Martinho e o fiel Cacambo. Pangloss fez uma bela dissertação pela qual provava que o barão não tinha direito algum sobre a irmã, e que ela podia, conforme todas as leis do Império, desposar Cândido com a mão esquerda. Martinho opinou por jogar o barão ao mar. Cacambo decidiu que era preciso devolvê-lo ao capitão muçulmano e recolocá-lo nas galés; depois disso, seria enviado a Roma, ao padre general, pelo primeiro barco. O conselho foi considerado ótimo; a velha o aprovou; nada foi dito à irmã; a coisa foi executada com algum dinheiro, e teve-se o prazer de agarrar um jesuíta e de punir o orgulho de um barão alemão.

Era muito natural imaginar que, depois de tantos desastres, Cândido, casado com sua amante e vivendo com o filósofo Pangloss, o filósofo Martinho, o prudente Cacambo e a velha; tendo, por outro lado, trazido tantos diamantes da pátria dos antigos incas, levaria a vida mais agradável do mundo.

Mas foi tão extorquido pelos judeus, que nada mais lhe restou além da pequena granja. Sua mulher, tornando-se mais feia a cada dia, ficou rabugenta e insuportável. A velha estava doente e ficou de humor ainda pior que o de Cunegundes. Cacambo, que trabalhava na horta e que ia vender legumes em Constantinopla, estava saturado de trabalho e maldizia seu destino. Pangloss se desesperava por não brilhar em alguma universidade da Alemanha. Quanto a Martinho, estava firmemente persuadido de que se está igualmente mal em toda parte: levava as coisas com paciência. Cândido, Martinho e Pangloss debatiam algumas vezes sobre metafísica e moral. Frequentemente, viam passar sob as janelas da granja barcos carregados de efêndis, de paxás,[48] de cádis, que eram enviados ao exílio em Lemnos, Mitilene, Erzerum. Viam passar outros cádis, outros paxás, outros efêndis, que tomavam o lugar dos expulsos e que, por sua vez, seriam expulsos. Viam cabeças propriamente empalhadas, que iam ser apresentadas à Sublime Porta.[49] Esses espetáculos faziam redobrar as dissertações. E quando não debatiam, o tédio era tamanho, que a velha ousou lhes dizer:

– Gostaria de saber o que é pior: ser estuprada cem vezes por piratas negros, ter uma nádega cortada, passar pelas varetas dos búlgaros, ser chicoteado e enforcado num auto de fé, ser dissecado, remar na galé, sofrer enfim todas as misérias pelas quais passamos ou então ficar aqui, fazendo nada?

– É uma grande questão – disse Cândido. Esse discurso fez nascer novas reflexões, e Martinho sobretudo concluiu que o homem tinha nascido para viver nas convulsões da inquietação ou na letargia do tédio.

Cândido não concordava, mas não garantia nada. Pangloss confessava que sempre tinha sofrido horrivelmente;

---

[48] *Efêndi*: senhor de alta nobreza no império turco; *paxá*: governador de província no império turco.

[49] Chamava-se "Sublime Porta", ou simplesmente "A Porta", a Corte do sultão turco durante o império otomano.

mas, tendo sustentado uma vez que tudo ia às mil maravilhas, continuava a sustentá-lo, mas não acreditava nisso.

Uma coisa acabou de confirmar Martinho em seus detestáveis princípios, de fazer Cândido hesitar mais que nunca e de embaraçar Pangloss. É que viram um dia abordar em sua granja Paquette e o irmão Girofleu, que estavam na mais extrema miséria. Comeram rapidamente suas três mil piastras, separaram-se, reconciliaram-se, brigaram, foram encarcerados, fugiram, e, enfim, o irmão Girofleu fizera-se turco. Paquette continuava seu ofício por toda parte e não ganhava mais nada.

– Eu o havia prevenido – disse Martinho a Cândido – de que seus presentes seriam logo dissipados e só os tornariam mais miseráveis. O senhor e Cacambo tiveram milhões de piastras e não estão mais felizes do que o irmão Girofleu e Paquette.

– Ahá! – disse Pangloss a Paquette. – Com que então os céus a enviam aqui entre nós, minha pobre criança! Sabia que você me custou a ponta do nariz, um olho e uma orelha? Veja em que estado se encontra! Que mundo esse! Essa nova aventura levou-os a filosofar mais que nunca.

Havia nas redondezas um dervixe[50] muito famoso, que passava por ser o melhor filósofo da Turquia. Foram consultá-lo. Pangloss tomou a palavra e disse-lhe:

– Mestre, viemos rogar-lhe que nos diga para que um animal tão estranho quanto o homem foi criado.

– Com que estás te metendo? – disse o dervixe. – Isso lá te diz respeito?

– Mas não, reverendo pai – disse Cândido –, há muitos males horríveis na Terra.

– Que importa – disse o dervixe – que haja mal ou bem? Quando Sua Alteza envia um barco ao Egito, preocupa-se lá se os ratos que estão no barco estão à vontade ou não?

– Que é preciso fazer, então? – disse Pangloss.

– Ficar calado – disse o dervixe.

50 Membro de uma confraria mística muçulmana.

– Eu ficaria lisonjeado – disse Pangloss – de debater um pouco com o senhor sobre os efeitos e as causas, sobre o melhor dos mundos possíveis, sobre a origem do mal, sobre a natureza da alma e sobre a harmonia preestabelecida.

O dervixe, àquelas palavras, bateu-lhes com a porta na cara.

Durante aquela conversa, espalhara-se a notícia de que acabavam de estrangular em Constantinopla dois vizires famosos e o mufti,[51] e que tinham sido empalados vários de seus amigos. Aquela catástrofe fazia por toda parte um grande rumor durante algumas horas. Pangloss, Cândido e Martinho, retornando à pequena granja, encontraram um bom velhote que tomava a fresca à porta de sua casa sob um caramanchão de laranjeiras. Pangloss, que era tão curioso quanto raciocinador, perguntou-lhe como se chamava o mufti que acabara de ser estrangulado.

– Não tenho ideia – respondeu o bom homem – e nunca soube o nome de nenhum mufti, de nenhum vizir. Ignoro completamente a aventura de que os senhores me falam. Presumo que, em geral, aqueles que se metem nos assuntos públicos perecem às vezes de forma miserável e que assim merecem. Mas eu não me informo nunca do que se passa em Constantinopla. Contento-me com mandar vender por lá os frutos do pomar que cultivo.

Tendo dito tais palavras, fez entrar os estrangeiros em sua casa. Suas duas filhas e seus dois filhos lhes apresentaram vários tipos de sorvetes que eles mesmos faziam, kaimac com doce de casca de cidra, laranjas, limões, limas, abacaxis, pistaches, café de Moca que não era misturado com o café ruim de Batávia e das ilhas. Em seguida, as duas filhas daquele bom muçulmano perfumaram as barbas de Cândido, de Pangloss e de Martinho.

– O senhor deve possuir uma terra vasta e magnífica, não? – disse Cândido ao turco.

---

[51] Intérprete oficial da lei islâmica.

– Tenho apenas vinte jeiras[52] – respondeu o turco –, cultivo-as com meus filhos; o trabalho afasta de nós três grandes males: o tédio, o vício e a necessidade.

Cândido, voltando para sua granja, fez profundas reflexões sobre o discurso do turco. Disse a Pangloss e a Martinho:

– Esse bom velho me parece ter dado a si mesmo um destino bastante preferível ao dos seis reis com quem tivemos a honra de cear.

– As grandezas – disse Pangloss – são muito perigosas, segundo o relato de todos os filósofos: porque, enfim, Eglon, rei dos moabitas, foi assassinado por Aod; Absalão foi enforcado pelos cabelos e transpassado por três dardos; o rei Nadab, filho de Jerobão, foi morto por Baasa; o rei Elá, por Zambri; Ocosias, por Jeú; Atalia, por Joaidaá; os reis Joaquim, Jeconias e Sedecias foram escravos. O senhor sabe como pereceram Creso, Astíage, Dario, Dioniso de Siracusa, Pirro, Perseu, Aníbal, Jugurta, Ariovisto, César, Pompeu, Nero, Otão, Vitélio, Domiciano, Ricardo II de Inglaterra, Eduardo II, Henrique VI, Ricardo III, Maria Stuart, Carlos I, os três Henriques da França, o imperador Henrique IV? O senhor sabe...

– Sei também – disse Cândido – que é preciso cultivar nossa horta.

– Tem razão – disse Pangloss –, pois, quando o homem foi posto no jardim do Éden, foi posto ali *ut operaretur eum*, para que trabalhasse; o que prova que o homem não nasceu para o repouso.

– Trabalhemos sem refletir demais – disse Martinho –; é o único meio de tornar a vida suportável.

Toda a pequena sociedade entrou naquele louvável desígnio. Cada um se pôs a exercer seus talentos. A pequena terra produziu muito. Cunegundes de fato estava feíssima, mas se tornou uma excelente confeiteira; Paquette bordou; a velha cuidou da roupa. Até o irmão Girofleu mostrou serviço:

[52] Extensão de terra de 19 a 36 hectares, conforme o uso das terras.

foi um excelente marceneiro e tornou-se até um homem honesto. E Pangloss dizia às vezes a Cândido:

– Todos os acontecimentos estão encadeados no melhor dos mundos possíveis; pois, enfim, se o senhor não tivesse sido expulso de um belo castelo a grandes pontapés no traseiro pelo amor da senhorita Cunegundes, se não tivesse sido apanhado pela Inquisição, se não tivesse corrido a América a pé, se não tivesse dado um bom golpe de espada no barão, se não tivesse perdido todos os seus carneiros do bom país de Eldorado, não estaria aqui comendo cidras em conserva e pistaches.

– Muito bem dito – respondeu Cândido –, mas temos de cultivar nossa horta.